Spectres : Volume I

# Échos d'Outre-Tombe

Histoires Surréalistes et Macabres

Tom Levy

**Première édition :** Novembre 2023
**ISBN :** 978-2-89864-032-2
**Édité par :** 01 Web Canada

# Préface :

Au cœur de ce recueil "Échos d'Outre-Tombe : Histoires Surréalistes et Macabres", le lecteur est invité à un voyage à travers un univers où le réel flirte avec l'étrange, le surnaturel s'entremêle au quotidien, et les contours de la réalité sont aussi mouvants que les ombres au crépuscule.

Chaque histoire est une fenêtre ouverte sur un monde où l'impossible devient possible, où les miroirs reflètent bien plus que des images, et où les secrets les plus sombres se cachent dans les replis du temps et de la mémoire. De "Mirage du Désert : La Malédiction de la Fenêtre" à "Dans les yeux d'un autre", les récits dévoilent des univers parallèles, des énigmes temporelles et des légendes urbaines qui défient notre perception de la réalité.

Ces histoires, empreintes de mystère et d'angoisse, sont des invitations à explorer des thèmes aussi divers que la quête de l'identité, le poids du passé, et les frontières floues entre le bien et le mal. Elles interrogent non seulement les mystères du monde qui nous entoure mais aussi ceux, plus profonds, de l'âme humaine.

Dans "La Dernière Bibliothèque" ou "Le Voleur de Souvenirs", le fantastique se mêle à une réflexion sur la mémoire et le savoir. "Le Point Immuable" et "La Station de la Boucle Temporelle" jouent avec le temps, ses boucles et ses paradoxes, tandis que "L'Ombre sur le Mur" et "L'Autre Côté du Miroir" nous confrontent aux aspects les plus sombres de notre psyché.

Ce recueil est donc une invitation à franchir la frontière ténue qui sépare notre monde de celui où les règles connues ne s'appliquent plus. Il s'agit d'un périple où chaque récit est une étape vers l'inconnu, un pas de plus dans des territoires où le merveilleux côtoie le macabre, où le destin des personnages se joue souvent dans un sursis fragile entre la lumière et les ténèbres.

"Échos d'Outre-Tombe" est plus qu'une collection d'histoires ; c'est une exploration de l'extraordinaire qui réside dans les tréfonds de nos peurs et de nos désirs. Il est un miroir tendu vers le lecteur, un reflet de l'immense et mystérieux théâtre de la condition humaine.

***Spectres : Volume I***
***Échos d'Outre-Tombe***
***Histoires Surréalistes et Macabres***

# Table de Matières

# Mirage du Désert : La Malédiction de la Fenêtre

Au cœur du désert, là où le soleil saigne rouge dans le sable, une fenêtre apparut comme gravée dans l'air même. Elle se tenait seule, carré d'obscurité impossible contre l'éclat implacable des dunes.

Kara, une survivaliste endurcie, repéra l'anomalie lors d'une traversée solo périlleuse. Le désert avait toujours été un lieu de réalité crue, mais cela... c'était une histoire de fantômes devenue réalité. À travers le verre de la fenêtre, un jardin s'offrait à elle - luxuriant, vert, et totalement étranger à la teinte mortelle du désert.

À l'approche du crépuscule et du froid du désert, Kara s'approcha de la fenêtre, les premières pointes d'effroi se tortillant dans son ventre. C'était un portail, elle en était sûre, mais vers où - ou quand - elle ne pouvait le dire. Le jardin semblait pulser d'une vie propre, mais un sous-entendu sinistre se cachait sous sa beauté. Elle crut voir des ombres se faufiler entre les arbres, des formes humaines, mais pas tout à fait.

Kara, maintenant méfiante des murmures malveillants de la fenêtre, maintint sa veille. Alors que le soleil couronnait le jour suivant, ses yeux virent une vision stupéfiante. À travers la vitre, une figure émergea dans le jardin - un prince d'un tel attrait que le soleil lui-même semblait pâlir. Sa main tendue vers le verre, invitant.

Malgré l'effroi qui griffait ses instincts, la solitude de Kara dans l'immensité désertique la poussa vers la fenêtre. Elle se souvenait des vieilles histoires, celles qui parlaient de vitesse comme clé pour traverser les dimensions. Avec une course alimentée par un mélange de désir et de désespoir, elle se lança vers la fenêtre.

Alors qu'elle atteignait une vitesse vertigineuse, le sourire du prince s'élargit de manière anormale, et le jardin derrière lui fleurit avec une intensité inquiétante. Juste au moment où elle pensait heurter le verre, elle se retrouva à basculer de l'autre côté.

Au moment où ses pieds touchèrent le sol du jardin, l'illusion se brisa. Les traits séduisants du prince se fondirent, révélant un démon de forme grotesque, ses yeux brillant d'une joie malicieuse. Le feuillage luxuriant se décomposa sous ses yeux, se tordant en un paysage infernal de branches noueuses et de ciels cendrés. L'air devint sulfureux, étouffant ses cris d'aide.

Kara se trouvait désormais dans un royaume de cauchemars, où chaque ombre rampait avec l'invisible et l'air était épais des cris d'âmes tourmentées. Le jardin était devenu un terrain de charnier, un domaine d'horreurs indicibles, régi par le prince démon qui s'avançait maintenant vers elle avec une démarche de chasseur.

La fenêtre par laquelle elle était entrée se ferma, son verre autrefois clair maintenant embué par le miasme du jardin infernal. Kara réalisa que la fenêtre n'était pas qu'une porte, mais un piège, une toile d'araignée conçue pour attirer et emprisonner.

Avec le ricanement du démon résonnant dans ses oreilles, elle comprit la vraie nature de ce paradis tordu. C'était un terrain de chasse, et elle était la proie. Le démon, un collectionneur d'âmes, l'avait cherché, et maintenant elle était piégée dans son jardin infernal.

Le désert, autrefois lieu de beauté désolée, était devenu un terrain de chasse, et la fenêtre en était le piège. Kara, devenue une parodie grotesque de son ancien moi, errait dans le jardin infernal, son humanité arrachée, ne laissant qu'une faim pour les âmes d'autrui.

Là où elle avait autrefois été la chercheuse, elle était maintenant l'appât. Sa forme, vue du désert, conservait sa beauté - un mirage d'attrait dans une terre où les mirages étaient courants, mais aucun si mortel. À travers la fenêtre, elle n'apparaissait pas comme la créature monstrueuse qu'elle était devenue, mais comme une vision de grâce, une oasis de désir dans l'étendue aride.

L'assaut du démon l'avait transformée, son essence fusionnée avec l'obscurité du royaume. Elle faisait partie de la flore macabre du jardin, une sentinelle de séduction. Alors que ses yeux, froids et morts, se fixaient sur la fenêtre, elle vit un voyageur naviguant dans l'étendue traîtresse du désert.

Ce nouveau victime, attirée par la vue inexplicable de la fenêtre et la femme devant elle, s'approcha avec un mélange de prudence et de curiosité. Pour lui, Kara était une énigme, peut-être une survivante, ou une mirage incarnée. Il ne pouvait voir le désert à travers la fenêtre; tout ce qu'il voyait était le jardin, vibrant et accueillant, avec Kara, sa gardienne apparemment bénigne.

Kara fit signe, ses mouvements étrangement gracieux. Avec chaque geste, elle imitait l'attrait qui l'avait autrefois piégée, mais ses yeux ne trahissaient aucune étincelle de vie ; ils étaient les yeux ternes des morts-vivants, d'un être consommé et réutilisé pour les intentions viles du démon.

Alors que le voyageur s'approchait, le moment de son péril aussi. Les lèvres de Kara bougèrent, chuchotant des promesses de sanctuaire et de réconfort dans le jardin. La fenêtre était ouverte, une invitation à entrer dans un cauchemar.

Si le voyageur succombait à son appel, il se retrouverait dans les griffes de la vraie nature du jardin - un monde d'horreur où la beauté du mirage du désert était écorchée pour révéler l'abîme. Kara, un pion de la volonté du démon, réclamerait une autre âme pour l'appétit insatiable du jardin.

Et ainsi le cycle de la fenêtre se poursuivait, une boucle de piégeage et de transformation, alors que le jardin attendait sa prochaine victime, et Kara, une âme perdue transformée en démon, jouait son rôle dans la valse hantée des damnés.

# Reflets de Tromperie : Le Miroir

Dans une ruelle pavée qui se tortillait comme une vieille vigne au cœur de la ville, il y avait une boutique sans enseigne. C'était le genre d'endroit que l'on découvrait quand le brouillard pesait lourd sur les rues et que le monde semblait chuchoter des secrets.

La boutique était connue de quelques initiés sous le nom de 'Miroirs & Mystères', et l'on disait que les objets qu'elle renfermait étaient aussi énigmatiques que la boutique elle-même. Poussée par un caprice de curiosité teinté d'un désir d'extraordinaire, une femme nommée Eliza entra dans la boutique un après-midi sombre.

L'intérieur était une caverne d'Ali Baba d'antiquités, chaque miroir était une porte vers une histoire inédite, reflétant la lumière dans des teintes qui n'appartenaient pas au spectre du monde ordinaire. C'était un lieu hors du temps, où le tic-tac de l'horloge était un lointain souvenir.

Ses yeux furent attirés par un miroir sur pied encadré de bois de mahogany sombre, sa surface semblait onduler comme la surface calme d'un lac à minuit. Le commerçant, un homme dont l'âge était aussi indéterminable que l'origine de ses marchandises, lui dit qu'il s'appelait 'Le Miroir de Veritas'. On racontait qu'il révélait non seulement le reflet mais la véritable essence de celui qui y regardait.

Malgré le frisson qui dansait sur sa colonne vertébrale, Eliza était enchantée. Le prix était élevé, mais elle se sentait obligée de le posséder. Avec le lourd miroir enveloppé de velours et d'or, elle quitta la boutique, la cloche au-dessus de la porte tintant avec un son qui semblait soupirer son nom.

De retour dans son appartement, le miroir dévoilé et dressé dans sa chambre, Eliza le regarda. Au début, elle ne vit que son propre reflet, pâle et aux yeux écarquillés par l'étrangeté de la journée. Mais à mesure qu'elle continuait à regarder, le verre commença à tourbillonner de brumes d'argent et de jade, et son reflet commença à changer.

Eliza regarda dans le miroir, la lumière froide à l'intérieur projetant une lueur éthérée à travers sa chambre. La brume dans le verre se dissipa, et elle se vit non pas elle-même, mais une autre femme. Cette femme était vêtue à la mode de décennies passées, ses yeux larges avec une supplication silencieuse d'aide. Eliza, surprise, fit un pas en arrière, son cœur battant contre ses côtes comme un tambour frénétique.

Elle aurait dû se détourner à ce moment-là, aurait dû couvrir le miroir et laisser les mystères qu'il contenait inexplorés. Mais il y avait une attraction, une connexion qui l'ancrait à la femme dans le verre. Hésitante, elle tendit la main et toucha la surface, ses doigts rencontrant une réalité froide et dure. Pourtant, la femme réagit, ses yeux suivant les mouvements d'Eliza.

La communication commença, d'abord avec des gestes simples, puis avec des mots formés par des lèvres hésitantes et enfin, grâce à la magie du miroir, avec des voix qui chuchotaient dans l'esprit de l'autre. La femme s'appelait Abigail, et son histoire était aussi tragique que le miroir était énigmatique. Elle parla d'être piégée dans un limbe intemporel, d'une vie suspendue par l'artefact même qu'Eliza avait amené chez elle. Quarante ans s'étaient écoulés dans le monde extérieur, tandis qu'elle restait inchangée dans sa prison de miroir.

Abigail parla d'un rituel, un qui pourrait la libérer de ses confins vitreux. Il nécessitait de placer des objets devant le miroir, des mots d'une langue qu'Eliza ne connaissait pas, et la lumière de la pleine lune. Émue par la situation d'Abigail et la solitude dans ses yeux, Eliza accepta sans hésiter.

La nuit de la pleine lune vint, et les mains tremblantes, Eliza arrangea les objets comme indiqué. Elle récita les mots qu'Abigail lui avait appris, les syllabes étranges se sentant aliènes sur sa langue. L'air autour du miroir commença à scintiller, la lumière se tordant et se vrillant comme si la réalité elle-même se déformait.

Puis, dans un éclair de lumière aveuglante, Eliza se retrouva à regarder depuis l'intérieur du miroir. La panique s'empara de sa gorge alors qu'elle touchait le verre, ses mains étant maintenant celles qui ne laissaient pas d'empreintes, sa voix celle qui ne pouvait faire écho dans la chambre. Elle se tourna pour voir Abigail sortir du miroir, un sourire sinistre sur les lèvres alors qu'elle inhalait l'air libre avec avidité.

"Merci, chère Eliza", dit Abigail, sa voix dénuée de la douceur mensongère de l'enfermement. "Tu n'as aucune idée de combien de temps j'ai attendu quelqu'un comme toi."

Eliza ne pouvait que regarder avec horreur alors qu'Abigail ajustait le col de sa robe maintenant moderne, son rire une mélodie glaciale qui semblait se moquer de la gravité de l'erreur fatale d'Eliza.

De sa nouvelle perspective emprisonnée dans le miroir, Eliza regarda avec une horreur croissante Abigail se débarrasser de sa tenue démodée pour les vêtements modernes d'Eliza. Elle observa, impuissante et sans voix, Abigail s'examiner dans le miroir plus petit et ordinaire de la pièce, admirant la coupe des jeans qui n'existait pas dans son propre temps, passant les doigts dans ses cheveux, maintenant libérés de la stase intemporelle du miroir.

Avec chaque rire décontracté et regard satisfait, Abigail semblait se défaire des couches de la femme qu'Eliza croyait connaître, celle qu'elle croyait sauver. La réalisation que sa compassion avait été manipulée en une ruse cruelle pesait lourdement sur Eliza, un poids plus froid que le verre contre lequel elle pressait impuissamment ses mains.

Abigail, maintenant confortablement vêtue de l'identité d'Eliza, s'approcha du miroir avec détermination. Elle regarda droit dans les yeux d'Eliza, un sourire narquois sur les lèvres, et prononça un simple "Au revoir", dépourvu de toute chaleur. Avec une rapidité qui suggérait qu'elle était bien préparée à son évasion, Abigail couvrit le miroir d'un tissu sombre, obscurcissant la vue d'Eliza sur la vie dont elle avait été volée.

Le bruit de pas lourds et les voix étouffées des déménageurs résonnaient à travers le tissu. Eliza sentit le miroir être déraciné de chez elle, porté par des mains soigneuses qu'elle souhaitait pouvoir sentir sa détresse et arracher le voile qui la séparait de la liberté.

Ils transportèrent le miroir à travers les veines de la ville, de retour à la boutique où avait commencé le voyage fatidique d'Eliza. La cloche au-dessus de la porte de la boutique tinta une mélodie qui annonçait désormais un retour plutôt qu'une découverte. Abigail, ayant remis le miroir parmi les oubliés et les maudits, échangea des mots avec le commerçant, dont les yeux intemporels scintillaient d'un éclat complice.

A peine Abigail eut-elle quitté que le commerçant s'approcha du miroir, retirant le tissu pour révéler le regard désespéré d'Eliza. Il murmura des mots cryptiques, et la surface du miroir ondula. Le cœur d'Eliza s'emplit d'un espoir fugace, mais les yeux du commerçant n'étaient pas bienveillants. Ils étaient les yeux de quelqu'un qui comprenait trop bien la nature du miroir.

"Tu attendras maintenant, comme elle a attendu," dit-il, une déclaration qui n'offrait aucun réconfort, seulement la confirmation d'un cycle sinistre. "Quelqu'un viendra pour toi, en temps voulu. Ils viennent toujours."

Et avec cela, il replaça le tissu sur le miroir, plongeant Eliza une fois de plus dans l'obscurité, la laissant à la solitude de ses pensées et à la compagnie de son désespoir nouvellement trouvé, dans une boutique où le temps n'était qu'un autre article à vendre.

# Les Chuchotements du Gardien

Dans les plis intemporels des montagnes des Appalaches, se nichait une petite ville apparemment insignifiante nommée Whisper Hollow. C'était un lieu où la brume s'accrochait lourdement aux matins, berçant la ville comme un secret. Parmi les habitants, circulait la légende des Bois Murmurants — une étendue de forêt si dense et ancienne que le vent lui-même semblait porter des voix d'âges révolus.

C'est ici, en lisière de ces bois, qu'une bibliothécaire discrète du nom de Clara vivait. Sa maison était un cottage pittoresque empli de l'odeur des vieux livres et de la solitude tranquille qu'elle chérissait. Clara possédait un don inhabituel ; elle pouvait entendre les chuchotements du vent aussi clairement que des mots prononcés. Pour elle, ils parlaient de choses banales — le changement des saisons, le frémissement des créatures des bois et, de temps à autre, les échos de rires ou de pleurs lointains.

Une nuit, sous une couverture d'étoiles, les chuchotements changèrent. Ils parlaient en termes pressants d'un secret qui se dévoilait au cœur de la forêt. Clara, mue par un mélange de curiosité et un sentiment inexplicable de devoir, décida de s'aventurer dans les Bois Murmurants à l'aube.

À la première lumière du jour touchant les cimes des arbres, Clara pénétra dans les bois, ses pas étouffés par la terre moussue. Les chuchotements s'intensifièrent, la guidant plus profondément dans la forêt, où la canopée était si épaisse que la lumière du jour peinait à atteindre le sol.

Elle arriva dans une clairière où les arbres s'écartaient, créant une cathédrale naturelle. Au centre se trouvait un piédestal de pierre avec une cavité ne contenant que des ombres. Les chuchotements s'entremêlaient autour d'elle, les mots devenant plus clairs : "Le cœur des bois, le gardien de l'équilibre, est perdu. Restaure-le, et l'harmonie reviendra."

Ce fut alors que Clara remarqua la flore autour d'elle — des fleurs fanées, des arbres sans feuilles, un silence qui suggérait l'absence de faune. La forêt se mourait, et avec elle, l'esprit de la ville s'obscurcissait.

Alors que les chuchotements s'évanouissaient, laissant Clara avec un silence pesant, elle réalisa que le cœur des bois n'était pas une chose, mais un être — un Gardien. Les légendes parlaient d'une créature née de l'énergie la plus pure de la terre, chargée de nourrir l'équilibre de la nature. Sans le Gardien, les bois, et bientôt la ville, dépériraient.

Clara fouilla les bois, sa détermination ferme. Les jours se transformèrent en semaines, et les chuchotements en cris désespérés. Enfin, dans la partie la plus sombre de la forêt, elle trouva le Gardien. C'était une créature d'une beauté éthérée, sa forme tissée de vignes et de feuilles, son essence vacillante comme la flamme d'une bougie mourante.

Le Gardien était enchaîné par des chaînes de fer, froides et inflexibles, forgées par la cupidité humaine et le mépris des anciennes voies. Clara, les mains tremblantes, s'approcha de la créature. Elle n'avait ni clés, ni magie pour briser les chaînes, mais elle avait sa voix.

Alors, elle parla.

Elle parla de son amour pour les moments tranquilles parmi les piles de livres. Elle chuchota des contes sur les habitants de la ville, leurs joies et leurs peines. Elle chanta des berceuses que sa mère lui avait autrefois chantées. Et tandis que ses mots entouraient les chaînes, celles-ci commencèrent à rouiller, à s'affaiblir. Ce n'était pas juste sa voix — c'était sa croyance, son respect pour la vieille magie, qui relâchait l'emprise du fer.

Avec les chaînes brisées, la lumière du Gardien se renforça. Elle toucha Clara, et là où elle le fit, sa vision se remplit de couleurs qu'elle n'avait jamais vues auparavant. Elle regarda la forêt reprendre vie, les fleurs éclosant instantanément et les arbres bourgeonnant de vitalité verte.

La voix du Gardien, autrefois un simple chuchotement, résonnait maintenant clairement dans l'esprit de Clara. "Tu as rendu ce qui était perdu, et pour cela, tu seras la voix de cette forêt. Parle pour nous, et maintiens l'équilibre."

Clara retourna à Whisper Hollow, son don plus grand qu'auparavant. Elle devint le gardien de la ville, parlant pour les bois qui chuchotaient jadis. Et si vous passiez par Whisper Hollow, vous pourriez entendre sa voix dans le vent, un rappel que la magie vit dans la croyance, et que les légendes se promènent parmi nous.

# Le Point Immuable

Dans les étendues oubliées des routes rurales qui serpentent au cœur du pays, se trouve un endroit que la légende locale prétend être intouché par le temps. On en parle à voix basse dans les bars faiblement éclairés et on le murmure aux comptoirs des stations-service — un lieu où les aiguilles de l'horloge sont éternellement figées, où les poussières flottent suspendues dans les rayons du soleil, et où l'instant présent persiste indéfiniment. On l'appelle "Le Point Immuable."

Eli, un camionneur au long cours qui portait le scepticisme comme une seconde peau, entendit ces histoires lors d'une nuit orageuse, en faisant le plein dans un vieux diner au bord de la route. Il les rejeta comme n'étant rien de plus que les superstitions de gens qui avaient trop de temps à perdre. Après tout, dans le monde d'Eli, le temps était toujours en mouvement, les kilomètres défilant sous les pneus de son camion comme le flot incessant d'une rivière.

Mais comme le destin l'aurait voulu, sa route ce soir-là l'emmena sur un détour inconnu, un raccourci suggéré par un vieil homme grisonnant aux yeux sagaces qui avait entendu Eli se moquer des mythes locaux. "Tu gagneras une heure," avait dit le vieil homme, "si le temps compte tant pour toi."

Le détour le mena sur une route étroite et sinueuse qui traversait une étendue de forêt dense. Les arbres se dressaient au-dessus de lui, leurs branches griffant le ciel orageux. Les phares d'Eli perçaient l'obscurité, la seule lumière sur des kilomètres. C'est alors qu'il le vit — un endroit sur la route où la pluie ne tombait pas. C'était comme si l'orage lui-même avait peur d'entrer dans cet espace.

La curiosité piquée, Eli ralentit son camion jusqu'à s'arrêter, juste au bord de la zone sèche. Il s'attendait à sentir la vibration du moteur, à entendre le tambourinement de la pluie sur le toit de la cabine, mais il n'y avait rien. Aucun son, aucun mouvement, pas même le tic-tac de l'horloge sur son tableau de bord. Il était enveloppé par un silence si profond qu'il rugissait dans ses oreilles.

Il sortit du camion, et dès que sa botte franchit la zone sèche, un frisson lui parcourut l'échine. La pluie pendait comme un rideau autour du périmètre, les gouttelettes gelées en pleine descente. Eli tendit la main, et là où ses doigts rencontrèrent la pluie, ils passèrent à travers sans perturbation, comme si l'eau n'était qu'une image.

La peur picota à l'arrière du cou d'Eli. Il pensa à battre en retraite, mais une voix, à peine plus qu'un murmure, l'arrêta. Elle appelait son nom, résonnant comme si elle venait de loin, pourtant elle semblait provenir du point immuable.

Poussé par des forces qu'il ne pouvait comprendre, Eli pénétra entièrement dans l'endroit. Le monde autour de lui devint gris, et le temps s'étira à l'infini. La pluie restait en suspension, les feuilles des arbres étaient immobiles, et les nuages au-dessus étaient des coups de pinceau sur une toile statique.

Au cœur du point immuable, Eli vit les vestiges d'autres voyageurs — des objets laissés dans la poussière, une montre ici, un journal là, leurs pages intactes, leurs mots non lus. Un sentiment de terreur s'installa sur lui lorsqu'il réalisa qu'il n'était pas seul. Des figures se tenaient autour de lui, des gens pris en plein geste, leurs expressions figées dans le temps.

Puis, la voix murmurante parla à nouveau, cette fois un cri dans le silence. C'était un avertissement, une supplique, un ordre. "Partez !"

Eli se retourna pour fuir, mais ses mouvements semblaient lents, comme s'il se frayait un chemin à travers une mer épaisse. Il lutta contre la force invisible, chaque muscle de son corps brûlant d'effort. Pouces par pouces, il recula vers son camion, vers le monde en mouvement.

Avec un dernier effort désespéré, il se libéra du point immuable, tombant sur la route mouillée. Le bruit de l'orage revint dans une cacophonie, la pluie froide contre sa peau. Eli se précipita sur ses pieds, ne osant pas regarder en arrière alors qu'il montait dans son camion et s'éloignait à toute vitesse.

Dans son rétroviseur, le point immuable se profilait, un lieu où le temps était piégé, attendant la prochaine âme assez courageuse ou assez folle pour y entrer. Eli conduisit jusqu'à ce que le soleil se lève et que la route le ramène dans le monde qu'il comprenait — un monde où le temps s'écoulait, implacable et intransigeant. Mais la peur demeurait, une tache froide dans sa poitrine, un rappel du moment où le temps s'était arrêté.

# Fracture dans le Voile

Dans le paysage urbain tentaculaire de New Velora, où les lumières au néon ne s'éteignent jamais et le bourdonnement de la vie est une symphonie incessante, existait une anomalie — une fracture dans le tissu même de la réalité. Cachée en plein vue, nichée entre le banal : une étroite ruelle entre deux vieux bâtiments sans particularités, quelque part dans le dédale de rues que même les locaux fréquentaient rarement.

Amelia, une ingénieure logicielle avec un penchant pour le particulier, tomba dessus par hasard — ou peut-être par dessein — une soirée où la ville lui semblait trop étroite, et les murs de son appartement semblaient se refermer sur elle. Elle cherchait le ciel ouvert mais trouva à la place une aberration qui piqua sa curiosité scientifique.

La ruelle était comme les autres, bordée de déchets oubliés et d'échos de pas depuis longtemps disparus. Mais alors qu'Amelia marchait, l'air s'épaissit, et sa peau picota d'électricité statique. Les sons de la ville s'atténuèrent, comme si elle avait pénétré dans une chambre anéchoïque. Elle s'arrêta, un froncement de sourcils marquant son front, et c'est alors qu'elle le vit : l'air au centre de la ruelle scintillait, déformant la vue comme une chaleur sur l'asphalte.

Amelia s'approcha, son esprit rationnel bouillonnant d'hypothèses. Elle tendit la main, s'attendant à rien de plus qu'un jeu de lumière, mais sa main rencontra une résistance — une vibration, un bourdonnement d'énergie qui vibrait contre sa paume. C'était comme si elle avait touché la surface de l'eau, mais il n'y avait rien là, rien de visible.

Fascinée, elle poussa plus loin, et sa main glissa à travers le voile, disparaissant de vue. Un éclair de peur la traversa, mais fut rapidement remplacé par l'émerveillement lorsqu'elle retira sa main indemne, fourmillant de l'après-choc de... quelque chose.

Elle devait en savoir plus. Nuit après nuit, Amelia retourna à la ruelle, son esprit illuminé par les possibilités. Était-ce un phénomène naturel ? Un accident cosmique ? Ou quelque chose de plus intentionnel ? Chaque visite apportait plus de questions, et bientôt, sa réalité commença à se décaler.

Les objets dans son appartement semblaient déplacés, comme s'ils avaient été bougés d'un fraction de pouce de là où elle les avait laissés. Le temps semblait désynchronisé ; ses horloges reculaient occasionnellement pendant un battement de cœur ou deux. Des rêves d'autres vies — des vies qui pourraient être les siennes mais ne l'étaient pas — commencèrent à la hanter.

Un soir, Amelia apporta son équipement : capteurs, caméras, tout ce qui pouvait mesurer ou enregistrer l'anomalie. Mais alors qu'elle installait le tout, une vibration soudaine et profonde émana de la fracture. La ruelle se tordit, les bâtiments se courbant dans des angles impossibles, et une lumière aveuglante jaillit de la déchirure.

Amelia protégea ses yeux, et lorsqu'elle regarda à nouveau, elle n'était plus dans la ruelle mais se tenait sur un précipice surplombant une ville aux géométries impossibles, un kaléidoscope de New Velora vu à travers une lentille fracturée. Le ciel au-dessus bouillonnait de nuages orageux, où la foudre dansait comme des serpents faits de lumière.

Elle réalisa alors qu'elle n'observait pas une anomalie de la réalité ; elle en faisait partie. La fracture n'était pas une déchirure mais un seuil, et elle l'avait franchi. Derrière elle, la ruelle se tenait, son équipement abandonné et attendant. C'était une porte entre les mondes, et elle se fermait.

L'adrénaline courant dans ses veines, elle se précipita vers la ruelle, la ville étrange s'effondrant dans le chaos derrière elle. Elle plongea à travers l'écart qui se refermait, la lumière se refermant comme l'ouverture d'un appareil photo, et se retrouva éparpillée sur le béton de New Velora, la ville normale à nouveau enveloppée autour d'elle.

L'éclat fluorescent des lampadaires de New Velora projeta de longues ombres alors qu'Amelia s'éloignait de la ruelle, son esprit chaviré par l'impossibilité de ce qui s'était passé. Ses membres semblaient lourds, ses mouvements retardés comme si elle pataugeait dans de la mélasse. Chaque pas était une bataille, son cœur battant un rythme frénétique contre sa poitrine.

Lorsqu'elle atteignit la rue, bordée de voitures silencieuses et immobiles dans la nuit, elle aperçut son reflet dans le rétroviseur d'une voiture. Ce qu'elle vit la figea. La regardant en retour n'était pas le visage jeune et vibrant qu'elle connaissait, mais un visage marqué par le temps, sa peau burinée et creusée de profondes lignes qui parlaient de décennies qu'elle n'avait pas vécues. Ses cheveux, autrefois d'un brun riche, maintenant striés d'un gris implacable.

Un cri silencieux resta coincé dans sa gorge. Ses mains, tremblantes, se levèrent pour toucher son visage, traçant la topographie inconnue de ses traits vieillis. Son reflet l'imita, un retard dans son mouvement, une confirmation horrifique du temps qui l'avait ravagée en quelques instants.

Désorientée et dans le déni, Amelia chercha son téléphone, l'éclat de l'écran une lumière cruelle et tranchante dans l'obscurité. L'application de l'appareil photo s'ouvrit sur sa vue selfie, et elle fut à nouveau confrontée à la réalité de sa transformation. L'image numérique était impitoyable ; elle présentait une femme qui semblait assez vieille pour être sa propre mère.

La vérité de la situation était trop lourde à porter. Quelque part, dans cette tranche fracturée de réalité, le temps avait échappé à son contrôle. En l'espace d'un battement de cœur, elle avait vieilli de quarante ans, sa jeunesse aspirée par l'anomalie qui l'avait attirée avec des chuchotements de secrets d'un autre monde.

La panique se mêlait en elle alors qu'elle réfléchissait à son prochain mouvement. Elle ne pouvait pas rentrer chez elle, pas comme ça. Comment expliquer ce qui s'était passé ? Qui la croirait ? L'idée d'être traitée comme une vieille femme délirante, ignorée et rejetée, était plus effrayante que le vieillissement lui-même.

Elle erra dans les rues jusqu'à ce que la première lumière de l'aube commence à s'infiltrer dans le ciel, son esprit un tourbillon de peur et d'incrédulité. La ville de New Velora s'éveilla autour d'elle, inconsciente du cauchemar qui s'était déroulé dans l'ombre de son cœur luminescent.

Et alors que le soleil se levait, jetant une lueur chaude et dorée sur la ville, Amelia prit une décision. Elle ne pouvait pas défaire ce qui avait été fait, mais elle ne laisserait pas cela définir ses années restantes. Elle s'adapterait, survivrait et chercherait des réponses. La fracture lui avait pris beaucoup, mais pas sa détermination.

Des années plus tard, les chuchotements de la vieille femme apparue de nulle part et de sa quête inlassable pour découvrir les mystères de New Velora deviendraient un autre fil dans la riche tapisserie de légendes urbaines de la ville. Mais pour Amelia, c'était une réalité criante, une lutte quotidienne, et une quête qu'elle poursuivait avec chaque once de son être prématurément vieilli. Elle était devenue un élément incontournable de la ville, une énigme vivante, son histoire aussi intégrée à New Velora que les lumières au néon elles-mêmes.

Chaque jour, Amelia parcourait les rues, ses pas résonnant contre le pavé, ses yeux scrutant chaque détail, chaque anomalie qui pourrait l'aider à comprendre, à retrouver ce qui lui avait été pris. Elle consultait des scientifiques, des occultistes, des théoriciens du temps, mais les réponses restaient insaisissables, toujours un pas hors de portée.

La fracture dans le voile, ce point de bascule entre les mondes, demeurait un mystère, une énigme enveloppée d'ombres. Parfois, dans ses moments de solitude, Amelia se demandait si elle avait été choisie ou simplement au mauvais endroit au mauvais moment. Mais ces pensées étaient rapidement balayées par une détermination inébranlable.

Les habitants de New Velora la regardaient avec un mélange de curiosité et de respect. Pour certains, elle était un rappel vivant de l'inexplicable, une preuve que leur ville recelait des secrets plus profonds que les lumières éblouissantes et les gratte-ciels imposants ne le suggéraient.

Les enfants lui racontaient des histoires, les adultes lui posaient des questions qu'elle ne pouvait pas répondre. Amelia écoutait, partageait son expérience, mais gardait toujours une distance, une part d'elle-même dissimulée derrière le voile de son expérience unique.

Parfois, la nuit, alors que les lumières de la ville scintillaient comme un ciel étoilé inversé, Amelia se tenait à l'endroit même où sa vie avait basculé. Elle fixait la ruelle, se demandant si elle devait oser à nouveau traverser la fracture. Mais la peur de perdre encore plus la retenait. Elle avait déjà payé un prix inimaginable, et le risque de plonger une fois de plus dans l'inconnu était trop grand.

Ainsi, Amelia continua sa quête, une figure solitaire dans une ville de millions, portant son fardeau avec une grâce silencieuse. New Velora continuait de bourdonner et de scintiller autour d'elle, inconsciente de la femme qui marchait dans ses rues, un fantôme parmi les vivants, une gardienne des secrets que la ville elle-même ignorait posséder.

"Fracture dans le Voile" n'était pas seulement l'histoire d'Amelia ; c'était le récit d'une ville, d'une anomalie, et de la fragilité de notre perception du temps et de la réalité. C'était un rappel que, parfois, les plus grands mystères se cachent non pas dans les étoiles, mais dans les fissures du monde qui nous entoure.

# Les Souverains de la Clairière Silvane

Au cœur d'une forêt dense, se cachait une ville isolée nommée la Clairière Silvane, un lieu à l'écart des cartes modernes et dissimulé aux yeux des satellites. Lorsque la voiture de Tom et Lily rendit son dernier souffle sur une route déserte, ils furent soulagés de trouver cet hameau caché. Les habitants les accueillirent à bras ouverts, les couronnant de guirlandes et les régalant de festins somptueux, comme s'ils étaient les monarques d'antan.

Au fil des jours devenus semaines, la gratitude initiale du couple céda la place à un malaise grandissant. Il leur était interdit de franchir les limites de la ville, les citoyens toujours souriants les incitant à profiter pleinement de leur règne de 21 jours. Les coutumes étranges de la ville et les anciennes chansons évoquaient l'Arbre-Mère et la Source, deux entités vénérées qui nourrissaient la Clairière Silvane de récoltes abondantes et d'eau pure.

À la veille du vingt-et-unième jour, la terrifiante vérité se révéla. Tom et Lily apprirent le sombre sort qui les attendait : un sacrifice à l'Arbre-Mère et à la Source. C'était une tradition, expliquèrent les habitants avec un respect glacial. Tous les vingt et un ans, deux étrangers étaient traités comme des rois, pour être ensuite offerts aux forces même qui maintenaient la ville en vie.

Réalisant que leur couronnement était le prélude à un rituel plus sombre, Tom et Lily cherchèrent à s'échapper. La ville, animée d'une anticipation sinistre pour la cérémonie imminente, surveillait chacun de leurs mouvements avec des yeux qui ne souriaient plus. Dans un effort désespéré de liberté, le couple découvrit les racines anciennes du pacte de la ville et les moyens secrets de le briser.

Alors que le temps s'échappait, Tom et Lily durent choisir entre leur survie et la ruine potentielle de la Clairière Silvane. Leur lutte pour s'échapper se transforma en une bataille pour leurs âmes, entremêlées à l'essence même de la terre qui menaçait de les réclamer à jamais.

Lorsque la nuit finale s'abattit sur la Clairière Silvane, la ville jadis idyllique se transforma en une scène macabre. Avec des torches enflammées contre le crépuscule, les habitants, même les enfants, armés de haches et d'épées, commencèrent leur chasse funèbre, animés par la ferveur d'apaiser leur Arbre-Mère mourante et les eaux rouge-sang de la Source.

L'arbre, autrefois feuillu, se flétrit en branches squelettiques, l'air empli de l'odeur de la décomposition. La Source, autrefois un ruisseau étincelant, coulait épaisse et cramoisie, comme pour avertir du sacrifice imminent. La ville, frénétique à l'idée de sécheresse et de famine, était unie dans un but unique et glacial : livrer Tom et Lily aux racines de l'Arbre-Mère et aux rives de la Source corrompue avant la première lumière de l'aube.

Tom et Lily, réalisant pleinement l'étendue de leur péril, évitèrent les chiens grognants et distancèrent leurs ravisseurs, cherchant refuge dans l'épaisse broussaille entourant la ville. La forêt, si sereine à leur arrivée, était maintenant un labyrinthe d'ombres et de murmures, les membres noueux de l'Arbre-Mère s'étendant comme des mains désespérées pour les entraîner vers leur destin.

Sous le voile des ombres précédant l'aube, les souffles haletants de Tom et Lily s'entremêlaient alors qu'ils naviguaient dans le calme trompeur de la forêt. L'arbre colossal se dressait devant eux, un ancien béhémoth semblant respirer, son tronc massif gémissant sous le poids des siècles. La Source, un bassin reflétant la teinte rouge-sang d'une lune déclinante, semblait gémir de douleur, ses eaux tourbillonnantes comme en protestation.

La poursuite implacable des habitants, leurs traits déformés en masques de désespoir fervent, résonnait à travers les bois. Tom et Lily se retrouvèrent au bord d'un autel de terre, le grand Arbre-Mère dans leur dos, sa présence écrasante, comme s'il était le véritable souverain de la Clairière Silvane.

Ils se retournèrent pour faire face à la foule avançant, leurs mains serrées fermement, l'inéluctabilité de leur destin leur tombant dessus comme un linceul. Les immenses branches de l'arbre craquaient et s'étiraient, les atteignant avec la lente certitude de la mort elle-même.

Alors que le premier rayon de soleil franchissait l'horizon, les membres de l'arbre enserrèrent Tom et Lily, les tirant contre son écorce ancienne. Leurs cris furent noyés par les chants étranges de la ville, un son semblant à la fois une lamentation et une célébration.

Les rayons du soleil, dorés et purs, touchèrent l'orée de la clairière, jetant une lueur céleste sur la scène. Mais la lumière n'apporta pas de salut — au contraire, elle signalait la fin de la fuite du couple et l'accomplissement du rite funeste de la ville.

Avec le sacrifice accompli, les feuilles de l'Arbre-Mère commencèrent à se déployer, ses branches se levant en un triomphe silencieux. Les eaux de la Source se clarifièrent, passant du cramoisi au cristal. L'équilibre avait été restauré à la Clairière Silvane, mais au prix de deux âmes supplémentaires, consumées par la terre même qu'elles avaient cherché à fuir.

Les habitants se dispersèrent, les échos de leurs chants se dissipant avec la brume matinale, laissant derrière eux le grand arbre et l'étang silencieux comme sentinelles solennelles de la clairière, leur soif de vie étanchée jusqu'à ce que le cycle appelle les prochains souverains à régner — pendant vingt et un jours, jusqu'à l'aube.

# 13 Toiles : Échos de la Chambre Hantée

Christine poussa les lourdes portes ornées de l'hôtel, une sensation de malaise s'installant en elle tandis qu'elle pénétrait dans le grand hall. L'air était chargé d'une anticipation non exprimée, et tous les regards dans la salle semblaient se tourner vers elle, suivant chacun de ses mouvements.

Le gérant, un homme grand à l'allure étrangement calme, s'approcha d'elle, jetant un coup d'œil rapide à la marque de naissance en forme de serpent sur son bras. "Ah, vous devez être Christine. Nous vous attendions," dit-il, sa voix douce et étrangement familière.

Christine se raidit, son inconfort grandissant. "Vous m'attendiez ? Je ne comprends pas. J'ai fait ma réservation il y a seulement une semaine."

Le gérant garda son attitude posée, offrant un sourire rassurant. "Oh, mes excuses pour la confusion, Christine. Ce que je voulais dire, c'est que nous attendions une invitée de votre stature, quelqu'un qui apprécierait l'expérience unique que notre hôtel offre. Il est rare que nous ayons l'opportunité d'accueillir quelqu'un avec un goût aussi discernant."

Christine acquiesça, légèrement perturbée. "Oui, merci. C'est juste que... tout le monde semble un peu... étrange."

Le gérant rit doucement. "Ah, le charme de notre établissement ! Ici, tout le monde a une histoire. Et en parlant de charme, j'ai pris la liberté de vous surclasser dans l'une de nos suites spéciales. Un geste d'hospitalité pour notre estimée invitée."

Christine, déconcertée par le surclassement inattendu, accepta avec hésitation. "C'est très aimable de votre part, mais pourquoi ?"

"Nous croyons en l'importance de traiter nos invités avec le plus grand soin et attention," répondit le gérant avec un sourire qui n'atteignait pas tout à fait ses yeux.

Ils se dirigèrent vers les ascenseurs, et Christine remarqua que le gérant appuya sur le bouton du 13ème étage — un étage qu'elle n'avait pas remarqué sur le site web de l'hôtel. À l'intérieur de l'ascenseur, le seul bouton était effectivement pour le 13ème étage, amplifiant le mystère.

Arrivée, Christine trouva le 13ème étage étrangement silencieux, presque désolé. Le gérant la conduisit le long d'un couloir faiblement éclairé jusqu'à sa suite. "Nous y voilà," dit-il.

"Si vous avez besoin de quoi que ce soit, n'hésitez pas à appeler," dit le gérant, son ton poli mais distant. "Profitez de votre séjour, Mademoiselle."

Alors qu'elle approchait de la porte de sa suite au 13ème étage, Christine sentit un frisson lui parcourir l'échine. Quelque chose n'allait pas. La solitude de cet étage, le comportement particulier du personnel, le surclassement non sollicité — tout cela formait un puzzle qu'elle ne pouvait pas tout à fait résoudre.

S'arrêtant un instant devant la porte, elle observa les étranges marquages gravés dans le bois. Au lieu de la plaque en laiton habituelle avec un numéro de chambre, des symboles inconnus se détachaient, ne ressemblant à aucune langue ou écriture qu'elle avait jamais vue. Leur conception complexe semblait presque se déplacer et danser sous la faible lumière du couloir, ajoutant une aura inquiétante à la porte. Ce détail intensifiait le sentiment de malaise qui s'était installé en elle depuis son arrivée.

Prenant une profonde inspiration, Christine ouvrit la porte et entra avec hésitation dans la suite. Dès qu'elle fut à l'intérieur, la porte se referma doucement derrière elle. Elle fut immédiatement frappée par la beauté à couper le souffle de la chambre. La peur qui l'avait saisie un instant auparavant commença à s'estomper, remplacée par un sentiment d'émerveillement.

La suite était spacieuse et baignée d'une lumière chaude et dorée qui pénétrait par de grandes fenêtres du sol au plafond, offrant une vue imprenable sur la ville en contrebas. Les murs étaient ornés d'œuvres d'art élégantes et discrètes qui ajoutaient une touche de sophistication sans submerger les sens.

Au centre de la pièce se trouvait un lit king-size luxueux, son matelas moelleux recouvert de draps blancs et croustillants et de divers oreillers promettant une nuit de sommeil confortable. À côté du lit, une paire de tables de chevet vintage tenaient des lampes ornées qui projetaient une lumière douce et accueillante. À droite, un coin salon douillet comportait un canapé en velours pelucheux d'une nuance apaisante d'émeraude, accompagné de quelques chaises à haut dossier. Une petite table basse en marbre, au centre, portait quelques livres bien choisis et un vase de fleurs fraîches qui emplissaient l'air d'un parfum délicat.

La suite disposait également d'un petit mais élégant coin repas, parfait pour savourer un repas ou une tasse de café. La table était dressée pour deux, avec de la fine porcelaine et des verres en cristal scintillants qui reflétaient magnifiquement la lumière.

Peut-être la caractéristique la plus frappante de la suite était la cheminée élaborée, son manteau sculpté de façon complexe et abritant actuellement un feu doux qui crépitait doucement, ajoutant une chaleur réconfortante à la pièce.

De l'autre côté, une porte menait à une salle de bain opulente, équipée d'une grande baignoire, d'une douche vitrée et d'une coiffeuse garnie de produits de toilette haut de gamme et de serviettes moelleuses.

Malgré le cadre luxueux, Christine ne pouvait complètement se défaire du sentiment étrange qui l'avait accompagnée depuis qu'elle était entrée dans l'hôtel. La suite était charmante, presque trop parfaite, comme si elle avait été conçue pour la bercer dans un faux sentiment de sécurité. Elle ne pouvait s'empêcher de se demander quels secrets se cachaient derrière la belle façade de cet hôtel mystérieux.

Son regard était maintenant attiré par les peintures captivantes qui ornaient les murs. Chaque toile rayonnait d'une attraction magnétique, guidant ses pas, son regard hypnotisé par l'imagerie vive et les histoires qu'elles murmuraient.

1. **Le Bateau dans la Tempête :** La première peinture qu'elle approcha représentait un petit bateau englouti par une mer orageuse. Les vagues violentes et le ciel menaçant étaient rendus avec une telle intensité qu'elle pouvait presque entendre le rugissement du vent et le fracas de l'océan contre les côtés du bateau. La scène la remplissait d'un sentiment d'admiration et d'une empathie poignante pour les marins invisibles bravant la tempête. C'était un puissant rappel de la fureur de la nature et de la résilience nécessaire pour la naviguer.

2. **La Femme dans la Tempête :** En se déplaçant vers la toile suivante, elle se trouva face à face avec une femme debout près d'une

maison marquée du numéro 13. L'orage ici était différent, plus personnel et introspectif. L'expression de la femme était celle d'une résolution tranquille au milieu du chaos du vent et de la pluie, ses vêtements flottant autour d'elle. Un détail frappant attira son attention : une marque de naissance en forme de serpent sur le bras de la femme, ajoutant une couche de mystère et d'intrigue au portrait. Cette image évoquait un sentiment d'identification, un reflet des tempêtes intérieures que l'on combat, et des marques uniques qu'elles laissent sur nos vies.

3.  **La Scène de l'Incendie :** La dernière peinture représentait un incendie, son emplacement inconnu mais son impact universellement compris. Les flammes étaient peintes avec une énergie féroce, presque vivante, consumant tout sur leur passage. Les couleurs étaient un mélange de oranges vifs, de rouges et de jaunes, contrastant fortement avec la fumée noire montant dans le ciel. En voyant cela, elle ressentit un mélange d'émotions : la puissance brute et la destruction du feu, la perte qu'il apporte, mais aussi un sentiment de renouveau, car la nature repousse souvent de ses cendres.

Chaque tableau, à sa manière, racontait une histoire de lutte, de résilience et de l'esprit humain indomptable. Elle ressentait une connexion profonde avec ces thèmes, comme si les peintures reflétaient des parties de sa propre vie. L'expérience était presque spirituelle, la laissant à la fois humble et inspirée alors qu'elle détournait enfin son regard, emportant avec elle les images et les émotions.

Soudain, la pièce fut remplie des douces mélodies d'une vieille radio posée sur une étagère à proximité. La mélodie était étrangement familière, mais distinctement unique, se tissant dans l'air avec une présence presque tangible. Puis, les paroles commencèrent, claires et résonnantes, "Bienvenue, je vous attendais." Les mots, chantés avec une chaleur douce, semblaient flotter vers elle, l'enveloppant dans un sentiment de découverte intentionnée et de destinée. C'était comme si la chanson avait attendu ce moment précis, son arrivée, ajoutant une couche inexplicable de synchronicité et de mystère à l'atmosphère déjà envoûtante.

Alors que la mélodie envoûtante emplissait la pièce, elle se sentit attirée vers la vieille radio. Avec un sentiment d'urgence, elle tendit la main et la débrancha, interrompant brusquement la chanson en plein couplet. Pendant quelques secondes, un silence profond régna, une immobilité semblant engloutir l'espace. Puis, presque en réponse, l'horloge au mur se mit à tourner, ses aiguilles tournant incontrôlablement, de plus en plus vite, comme si le temps lui-même était remonté. Tout aussi brusquement, elle s'arrêta, les aiguilles figées, suggérant un moment suspendu dans le temps — son temps. Dans ce silence étrange, la radio débranchée crépita de nouveau à la vie, défiant toute logique. Cette fois, elle joua une mélodie différente, sombre et solennelle, rappelant un chant funèbre. La mélodie mélancolique semblait résonner avec l'immobilité de la pièce, tissant un récit de fins et d'adieux, faisant écho à l'implication de l'horloge arrêtée qu'un moment significatif, son moment, était à portée de main.

Submergée par une peur inconnue jusqu'alors, la panique envahit Christine. Elle se précipita vers la porte, son cœur battant, désespérée de s'échapper de la chambre qui ressemblait maintenant plus à un piège qu'à un sanctuaire. Frénétiquement, elle tenta de tourner la poignée, mais à son horreur, elle se brisa dans sa main, inutile. Avec des doigts tremblants, elle inséra la clé, espérant une échappatoire, mais elle se cassa également, les morceaux disparaissant dans les profondeurs de la serrure ancienne. La porte ne semblait pas seulement verrouillée, mais complètement scellée, comme si elle était devenue une partie du mur lui-même. Le désespoir montant, elle se tourna vers la fenêtre, pour découvrir qu'elle était également fermée hermétiquement. Regardant dehors, elle réalisa qu'elle ne pouvait plus voir les contours familiers de la ville en contrebas. C'était comme si la chambre avait été transportée dans le ciel, isolée du monde qu'elle connaissait, la laissant piégée dans une prison surréaliste et élevée, avec les plaintes du chant funèbre pour seule compagnie.

Frénétique, elle se précipita vers le téléphone, son dernier espoir de joindre le monde au-delà de ces murs confinants. Ses doigts bégayèrent alors qu'elle composait le numéro de la réception, chaque sonnerie résonnant dans la chambre étrangement silencieuse. Enfin, une voix répondit, une voix étrangement familière. Alors qu'elle engageait une brève conversation, une réalisation glaçante s'empara d'elle. La voix à l'autre bout du fil, répondant avec un calme qui contrastait fortement avec sa propre panique croissante, ressemblait remarquablement à la sienne. Chaque mot, chaque inflexion reflétait son discours, comme si elle parlait à un reflet d'elle-même. La confusion et la peur s'entremêlaient, envoyant un frisson le long de son échine. "Que se passe-t-il ?" pensa-t-elle. Était-ce un autre tour tordu de la chambre, ou son esprit jouait-il des tours délirants ? La situation se déroulait dans un cauchemar surréaliste, brouillant les lignes entre la réalité et quelque chose de bien plus inexplicable.

La voix à l'autre bout du fil prit un ton apaisant mais sinistre, l'incitant à se détendre et à accepter ce qu'elle appelait son 'destin chanceux'. "Vous êtes un don," dit la voix, "un don pour la chambre." Elle révéla un secret glaçant : depuis 25 ans, tous les quarts de siècle, la chambre exigeait un sacrifice — une "chanceuse" femme — pour assurer la prospérité de l'hôtel. Ce rituel, prétendait-elle, était une nécessité, un moyen d'apaiser les esprits agités qui demeuraient dans ses murs, assurant qu'ils laissaient les clients de l'hôtel tranquilles. La révélation était horrifiante, jetant une ombre sinistre sur le décor élégant de la chambre et la transformant en une chambre sacrificielle. Son cœur battait de terreur alors qu'elle luttait pour comprendre ce destin macabre, apparemment prédestiné par l'histoire sombre de la chambre et les entités fantomatiques qui revendiquaient leur domination sur elle.

Tremblante d'un mélange de peur et de curiosité, elle entendit des bruits faibles émanant de la cuisine — un murmure de conversation mêlé à un chant doux. C'était un son douloureusement familier, tirant sur son cœur. Avec des pas hésitants, elle s'approcha de la cuisine, son esprit bouillonnant d'incrédulité. Là, à sa grande stupéfaction, se tenait son défunt mari, aussi réel et tangible qu'il l'avait été de son vivant. Sa présence, à la fois réconfortante et surréelle, emplissait la pièce d'une chaleur qui contrastait avec le froid de la terreur des moments précédents. Son sourire était comme elle s'en souvenait, aimable et rassurant. Il lui parla, sa voix un baume pour ses nerfs écorchés, lui disant qu'ils seraient enfin réunis. La rencontre était surréelle, un moment suspendu entre la réalité et quelque chose qui dépassait l'entendement. Elle resta là, captivée par sa présence, un flot d'émotions la submergeant — chagrin, amour, confusion et un sentiment d'espoir naissant.

Le bruit de l'eau courante ramena Christine à la réalité. Frénétique, elle se précipita vers la source du bruit dans la pièce principale. Ses yeux s'écarquillèrent d'incrédulité en voyant l'eau jaillir du tableau de la mer accroché au mur. C'était comme si les vagues peintes prenaient vie, déferlant dans la pièce avec une force qui semblait impossible.

Désespérée, elle tendit la main, essayant de trouver un moyen d'endiguer l'inondation, mais ses mains ne saisirent rien de tangible. L'eau était froide et impitoyable, montant rapidement autour de ses chevilles, puis de ses genoux, transformant la suite autrefois charmante en une mer agitée et chaotique.

Au milieu de ce déluge surréaliste, les élégants meubles de la chambre étaient jetés dans le désordre. Le fauteuil confortable, jadis un havre de paix, flottait impuissant à la surface de l'eau, son tissu s'assombrissant et s'enfonçant. La petite table basse, avec ses magazines soigneusement disposés, était renversée, son contenu tourbillonnant dans le torrent. Même la commode robuste, un meuble fixe contre le mur éloigné, n'était pas à l'abri. Les tiroirs s'ouvraient, déversant leur contenu dans l'inondation montante. La chambre autrefois ordonnée était maintenant une scène de chaos, chaque meuble un témoignage de la force bizarre et imparable qui avait envahi l'espace. Christine regardait avec horreur et incrédulité son havre de paix se transformer en un cauchemar tempétueux, les frontières entre l'art et la réalité complètement effacées.

Alors que Christine luttait pour se lever, ses yeux furent attirés par un quatrième tableau qu'elle n'avait pas remarqué auparavant. Cette nouvelle addition à la galerie de la chambre était aussi envoûtante qu'elle était perturbante. Elle représentait des femmes, chacune vêtue de vêtements étranges et archaïques appartenant à différentes époques de l'histoire. Leurs visages étaient peints avec un réalisme troublant, leurs yeux vifs et vivants.

Alors qu'elle se déplaçait, une réalisation glaçante lui vint : peu importe où elle se tenait dans la pièce, les yeux des femmes dans le tableau semblaient la suivre. Leurs regards étaient intenses et inexpressifs, remplis d'un mélange indescriptible de tristesse, de sagesse et d'une connaissance troublante. C'était comme si elles communiquaient silencieusement avec elle, leurs regards perçant les barrières du temps et de l'espace.

Comptant les personnages, Christine nota qu'il y avait exactement douze femmes dans le tableau, elle les avait bien comptés. Leur présence ajoutait une nouvelle couche de mystère à la pièce. Étaient-elles d'anciennes victimes de cette chambre, comme les fantômes maintenant implorant son sort sombre ? Ou étaient-elles des gardiennes, observant silencieusement les sinistres événements de la pièce ?

La façon dont elles la suivaient du regard donnait à Christine un sentiment troublant, comme si elle était constamment observée, jugée ou peut-être même guidée. Cela ajoutait à l'atmosphère surréelle et oppressante de la chambre, la faisant se sentir encore plus isolée et vulnérable dans cette situation bizarre et insondable.

Alors que le déluge d'eau commençait inexplicablement à se retirer, Christine sentit un froid perçant envahir la pièce. Frissonnant incontrolablement, elle s'enroula les bras autour d'elle-même, cherchant en vain de la chaleur. Ses dents claquaient et son souffle formait des nuages visibles dans l'air, un contraste frappant avec la chaleur précédemment confortable de la pièce.

Désespérée de lutter contre le froid glacial, elle tituba dans la pièce, à la recherche de tout ce qui pourrait offrir un peu d'isolation. Ses doigts, maintenant engourdis et maladroits à cause du froid, fouillèrent les restes trempés de ses affaires.

Elle trouva une couverture lourde et humide et l'enroula autour de ses épaules, mais elle offrait peu de soulagement contre le froid mordant.

L'eau qui avait autrefois inondé la chambre commença à former des cristaux de glace, rendant le sol glissant et traître. Christine se déplaça prudemment, essayant de garder son équilibre, son esprit cherchant une solution à cette situation surréelle et mortelle.

C'est alors qu'elle remarqua quelque chose de nouveau : une corde, suspendue au plafond. Elle n'était pas là auparavant, et son apparition soudaine était aussi mystérieuse qu'ominuse. La corde semblait l'inviter, une invitation insidieuse à mettre fin à son calvaire de la manière la plus définitive imaginable. La vue lui envoya une nouvelle vague de terreur, un rappel sinistre de la nature malveillante de la pièce.

Malgré le sentiment accablant de désespoir et le froid glacial, la volonté de survivre de Christine s'embrasa en elle. Elle tourna le dos à la corde sinistre, refusant de céder aux suggestions tordues de la pièce. Son esprit se mit à chercher tout autre moyen possible d'évasion ou de survie dans cet environnement bizarre et hostile.

Alors que le froid mordant continuait à mordre sa peau, Christine sentit soudainement une pointe de chaleur émanant d'un coin de la pièce. Avec un espoir renaissant dans son cœur, elle s'approcha prudemment de la source. Elle provenait de la zone où se trouvait le tableau représentant un feu. Bizarrement, dans cette pièce surréelle où les tableaux prenaient vie, la représentation du feu rayonnait maintenant d'une chaleur réconfortante. Reconnaissante pour tout répit face au froid, elle se rapprocha, sentant la chaleur pénétrer ses os gelés, un contraste saisissant avec le froid glacial qui venait de consumer la pièce.

Alors qu'elle se réchauffait grâce à cette chaleur inattendue, son regard dériva vers l'autre tableau — celui de la femme dans la tempête. Mais la scène avait radicalement changé. La maison, précédemment un sanctuaire dans la tempête, était maintenant engloutie par les flammes. La femme peinte, qui avait autrefois fait preuve d'une résolution tranquille, était maintenant représentée dans une course désespérée, fuyant pour sa vie l'infâme incendie. La juxtaposition était saisissante — ici dans la chambre, le feu apportait une chaleur salvatrice, mais dans le tableau, il était une force destructrice, consumant tout sur son passage.

Christine regarda, fascinée par les scènes en évolution dans les tableaux. C'était comme si la chambre communiquait à travers ces toiles, chaque changement dans l'œuvre reflétant la nature changeante et imprévisible de sa situation. La chaleur du tableau de feu offrait un confort temporaire, mais la transformation chaotique des scènes servait de rappel sinistre que la sécurité dans cette chambre n'était qu'une illusion, et le danger pouvait se manifester sous n'importe quelle forme à tout moment.

Le feu dans le tableau éclata soudainement dans une explosion violente, projetant Christine en arrière avec son énergie féroce. Elle ressentit une douleur brûlante en heurtant le sol, sa peau brûlant de la chaleur intense. Étourdie et souffrante, elle ouvrit lentement les yeux, pour être confrontée à une vue étrange et inattendue.

Devant elle se tenait une multitude de figures, toutes des femmes, leurs formes translucides et scintillantes d'une lumière surnaturelle. À première vue, elles semblaient être les fantômes de celles revendiquées par la chambre, mais un regard plus attentif révéla une vérité surprenante — elles étaient les mêmes femmes représentées dans le tableau nouvellement apparu. Chacune portait une expression de tristesse et de résignation, un miroir des émotions capturées sur la toile.

Christine, dans un état de peur et de curiosité, se tourna pour regarder à nouveau le tableau. À sa grande surprise, il y avait maintenant une treizième figure parmi les douze femmes — c'était une image d'elle-même, peinte avec une précision troublante. Elle faisait maintenant partie du tableau, son destin semblant entremêlé à ceux qui l'avaient précédée.

Leurs voix, un chœur de murmures éthérés, emplissaient la chambre, répétant le même message obsédant : "C'est maintenant votre temps." Les mots n'étaient pas seulement une invitation glaçante, mais une prophétie sinistre, indiquant que son destin était désormais irrémédiablement lié au leur. Les doigts des femmes pointaient, non avec malice mais avec une inévitabilité résignée, vers la corde sinistre qui pendait toujours du plafond, symbolisant le destin qui les avait frappées et qui l'attendait désormais.

Le dernier son à résonner dans les confins de la chambre fut un cri perçant, un dernier cri de désespoir de Christine. La chambre, entité malveillante, avait réclamé sa treizième victime. Dans le silence hanté qui suivit, le corps sans vie de Christine pendait à la corde, qui, dans un dernier tournant d'horreur, s'était transformée en l'apparence d'un serpent, symbole de la nature sinistre de la pièce.

Alors que les instants passaient, l'esprit de Christine transcendait sa forme physique. Elle devint une autre présence fantomatique dans la chambre, son image capturée pour toujours dans le tableau avec les douze autres femmes. Ses yeux, maintenant vidés de vie mais emplis de la même tristesse et résignation que ses prédécesseurs, fixaient depuis la toile, une partie permanente du décor macabre de la chambre.

Selon la légende chuchotée à voix basse par ceux qui connaissaient l'histoire sombre de la chambre, celle-ci exigeait le sacrifice de treize femmes avant d'accorder la paix à ses victimes féminines. Avec la mort de Christine, ce quota macabre était rempli. La chambre, ayant assouvi son appétit pour les esprits féminins, était réputée se tourner désormais vers les hommes avec son attention malveillante. On disait qu'elle ne se reposerait pas tant qu'un autre treize hommes n'auraient pas été réclamés, poursuivant le cycle de sacrifice et de chagrin.

La chambre, avec ses tableaux en constante
évolution et son ambiance étrange, se tenait
comme un témoignage silencieux des vies qu'elle
avait prises. Christine, désormais une partie de son
héritage hanté, demeurait dans les ombres, témoin
des futurs sacrifices que la chambre exigerait dans
sa quête sans fin d'équilibre à travers les âges.

# L'Ombre dans les Profondeurs : Le Déchaînement

Dans le cœur d'un paysage oublié se trouvait une mine abandonnée, relique d'une époque révolue, où sept jeunes amis se lancèrent dans une aventure qui allait à jamais changer le cours de leurs vies. Leurs noms étaient Ethan, Ava, Liam, Zoé, Marcus, Emily et Jayden - un groupe soudé uni par la curiosité et le frisson de l'inconnu.

Alors qu'ils s'enfonçaient dans les passages ombragés de la mine, leurs rires résonnaient contre les murs anciens, inconscients du destin glacial qui les attendait. Dans la chambre la plus profonde de la mine, ils tombèrent sur un artefact étrange, ancien et énigmatique. C'était Liam qui, poussé par une curiosité insatiable, le toucha, brisant sans le savoir un sceau qui avait contenu une obscurité pendant des siècles.

Un vent froid hurla à travers les cavernes en réponse, et les murs tremblèrent d'une malveillance nouvelle. L'excitation du groupe se transforma en terreur lorsqu'ils réalisèrent qu'ils avaient libéré quelque chose de sinistre, quelque chose qui avait été emprisonné dans les profondeurs de la terre - un démon, sa présence aussi ancienne que la mine elle-même.

Paniqués, ils se retournèrent pour fuir, mais les chemins qui menaient autrefois vers le monde extérieur n'étaient plus praticables. La mine s'était scellée, les piégeant dans ses tunnels désormais maudits. Des ombres dansaient le long des murs, et l'air s'épaissit d'un sentiment de terreur. Les amis se serrèrent les uns contre les autres, leur esprit cherchant un moyen de s'échapper, tandis que les échos de leur propre peur leur murmuraient en retour dans l'obscurité.

Alors qu'ils naviguaient dans les passages labyrinthiques, ils réalisèrent que s'échapper de la mine n'était qu'une partie de leur défi. Ils devaient affronter le démon qu'ils avaient libéré, une ombre qui les traquait à chaque pas, ses intentions aussi sombres et impénétrables que la mine elle-même. Leur lien d'amitié, autrefois source de joie et de force, était désormais leur seul fil de vie dans une bataille contre une force ancienne et malveillante.

Dans l'obscurité oppressante de la mine, les respirations affolées du groupe étaient le seul son, jusqu'à ce qu'un mouvement rapide et terrifiant brise le silence funeste. Une ombre, se déplaçant à une vitesse incompréhensible, traversa leur lumière de torche - une simple tache floue, mais incontestablement sinistre.

Avant que quiconque puisse réagir, un cri déchirant perça l'air. C'était Ethan. Le cri fut brusquement interrompu, laissant un silence glacial dans son sillage. Les amis dirigèrent leurs lumières vers le bruit, le cœur battant dans leur poitrine. La scène qui les accueillit était d'horreur : Ethan avait disparu, mais le sol où il s'était tenu quelques instants auparavant était éclaboussé de sang.

La panique s'installa, brute et incontrôlable. La réalité de leur situation leur tomba dessus avec un poids écrasant. Ils n'étaient pas seulement piégés ; ils étaient chassés. Le démon qu'ils avaient involontairement libéré manifestait maintenant sa colère sur eux, un par un.

Le groupe se regroupa, leurs yeux balayant la caverne sombre, chaque son, chaque mouvement, envoyant des secousses de peur en eux. L'absence d'Ethan était un sombre rappel de leur propre vulnérabilité dans cet endroit sombre et abandonné. Ils devaient trouver un moyen de sortir, mais les passages labyrinthiques de la mine étaient un enchevêtrement déroutant, et le démon se cachait dans les coins invisibles, sa présence une menace omniprésente.

Face à une telle terreur, leurs pensées se tournèrent vers la survie. Ils savaient qu'ils devaient rester ensemble, leur unité étant leur seule force contre un ennemi qu'ils ne pouvaient pas comprendre, un ennemi qui se déplaçait à travers les ombres avec une vitesse terrifiante et une intention mortelle. La mine, autrefois un lieu d'exploration et d'aventure, était devenue un piège cauchemardesque, un lieu où la peur régnait et où l'évasion semblait un rêve impossible.

Le groupe, poussé par un espoir désespéré, suivit une faible lueur de lumière suggérant une sortie. Alors qu'ils naviguaient sur les chemins périlleux de la mine, leurs lampes de poche révélèrent une vue troublante - des empreintes au plafond, défiant les lois de la gravité. C'était comme si le démon, une créature d'un pouvoir inimaginable, se moquait de la physique même de leur monde, ajoutant une autre couche d'horreur à leur évasion déjà tendue.

À chaque pas, la lumière devenait plus forte, alimentant leur espoir. Mais cet espoir fut de courte durée. Un cri glaçant résonna dans les cavernes, les figeant sur place. C'était Jayden. Ils se retournèrent juste à temps pour voir une ombre fugitive, puis le silence.

Ils la trouvèrent quelques instants plus tard, une vue horrifiante qui resterait à jamais gravée dans leur mémoire. Jayden, leur amie, était crucifiée au plafond de la mine, son corps suspendu dans une exposition grotesque du pouvoir et de la cruauté du démon. Le choc et la terreur étaient accablants, mais ils savaient qu'ils n'avaient pas le temps de pleurer ; le démon rôdait toujours, peut-être observant, attendant.

Dans la panique, ils coururent vers la sortie, la lumière devenant un phare de survie. Leurs souffles étaient haletants, leurs cœurs battant contre leur poitrine alors qu'ils se frayaient un chemin à travers les tunnels étroits. La mine semblait se refermer sur eux, les murs se pressant, l'obscurité les poursuivant, mais ils avançaient, poussés par l'instinct primal de survie.

Finalement, ils émergèrent de la mine, trébuchant dans la pâle lumière de l'aube. L'air frais contrastait fortement avec l'atmosphère étouffante de la mine. Leur soulagement était terni par la perte de leurs amis et les horreurs qu'ils avaient vues. En se retournant pour regarder l'entrée de la mine, une gueule sombre dans la terre, ils surent que leur vie ne serait plus jamais la même. Ils espéraient que le démon demeurerait confiné dans ses profondeurs.

Alors qu'ils s'éloignaient de l'entrée, la lumière du matin accueillit les cinq amis restants, un contraste frappant avec l'obscurité qu'ils avaient endurée. Ils haletaient, leurs corps tremblant d'épuisement et de peur. Soudain, avec un rugissement assourdissant, la mine s'effondra derrière eux, envoyant un nuage de poussière et de débris dans l'air. Ils regardèrent, les yeux écarquillés, alors que l'entrée s'effondrait, enterrant les horreurs qu'ils venaient de fuir sous des tonnes de roches et de terre

Espérant contre tout espoir que l'effondrement avait piégé le démon dans les profondeurs de la mine, ils se détournèrent des décombres. La perte d'Ethan et de Jayden pesait lourdement sur leur cœur, jetant une ombre sur leur évasion. Avec un mélange de soulagement et de chagrin indicible, ils se hâtèrent vers leur voiture, garée à une courte distance.

Leurs pas étaient précipités, alimentés par le désir désespéré de mettre autant de distance que possible entre eux et la mine. Alors qu'ils montaient dans la voiture, chacun d'eux jeta un dernier regard à la mine maintenant scellée. L'entrée autrefois banale était maintenant une tombe pour leurs amis et l'entité malveillante qu'ils avaient libérée.

La voiture dévala la route sinueuse, le silence à l'intérieur seulement interrompu par le bruit du moteur et leur respiration haletante. Alors qu'ils pensaient avoir échappé au pire, une figure horrifiante se matérialisa soudain devant la voiture. C'était la bête, le démon même qu'ils espéraient avoir enterré dans les profondeurs de la mine.

Il n'y avait pas de temps pour éviter ou s'arrêter. L'impact était inévitable. C'était comme heurter un mur immuable ; la voiture se froissa sous le choc, le bruit du métal tordu emplissant l'air. La force les projeta en avant, puis tout devint immobile, le seul son étant le sifflement du moteur ruiné de la voiture.

Étourdis et blessés, ils reprirent lentement leurs esprits, pour se retrouver face à face avec le monstre. C'était une vision grotesque et terrifiante. La bête ressemblait à une ombre humaine déformée, mais sa forme était tordue et anormale.

Sa peau ressemblait à du cuir carbonisé, tendue sur sa charpente squelettique. Ses yeux étaient des braises incandescentes logées dans un visage qui était un mélange cauchemardesque d'humain et de quelque chose de bien plus sinistre. De longs bras maigres pendaient à ses côtés, se terminant par des mains griffues capables de déchirer l'acier.

L'aspect le plus glaçant était sa bouche, une gueule béante remplie de rangées de dents tranchantes comme des rasoirs, suintant d'une substance visqueuse inconnue. La créature semblait être une manifestation de l'obscurité elle-même, une abomination de l'ordre naturel.

Pétrifiés par la terreur, ils ne pouvaient que fixer la bête, sa présence étouffant leurs sens comme une couverture suffocante. L'air autour d'elle semblait se tordre et se déformer, comme si la réalité elle-même se rétractait de la créature. Dans ce moment de silence stupéfait, la réalisation sinistre leur vint : le cauchemar était loin d'être terminé. Le démon qu'ils avaient libéré n'était pas seulement une créature de la mine ; il faisait désormais partie de leur monde.

Marcus et Emily, poussés par un instinct primaire de survie, se redressèrent au milieu du chaos.

Ignorant leurs blessures et la douleur aiguë parcourant leur corps, ils se mirent à courir. La ville était suffisamment proche pour offrir une lueur d'espoir, une faible chance de s'échapper de l'horreur indicible qui s'était déroulée.

Alors qu'ils couraient, les sons cauchemardesques des cris de leurs amis résonnaient derrière eux, un rappel hantant du sort qu'ils avaient échappé de justesse. Risquant un regard en arrière, ils virent une scène qui hanterait à jamais leurs rêves. La bête, incarnation de leurs pires craintes, se dressait sur la voiture accidentée, se livrant à un festin grotesque. C'était une scène de pure carnage, la créature se nourrissant des trois amis qui avaient été trop blessés ou trop choqués pour s'échapper.

La forme monstrueuse de la bête, éclairée par la faible lumière de l'aube naissante, était une vision macabre. Ses mouvements étaient à la fois prédateurs et précis, une démonstration glaçante de sa nature malveillante. La réalisation que leurs amis étaient partis, consommés par cette abomination, remplit Marcus et Emily d'un mélange de chagrin, de culpabilité et de terreur.

Avec le cœur battant et les larmes coulant sur leurs visages, ils poussèrent leur corps à la limite, courant vers la sécurité de la ville. Chaque pas était une lutte contre l'envie de s'effondrer, tant à cause de l'épuisement physique que du poids émotionnel de ce qu'ils avaient vu.

En atteignant la périphérie de la ville, Marcus et Emily, poussés par le désespoir, trébuchèrent dans la première maison qu'ils rencontrèrent. À l'intérieur, ils trouvèrent une vieille femme sage, ses yeux reflétant une profondeur de connaissance et de chagrin. La pièce était bordée d'un arsenal d'armes à feu et d'explosifs, un contraste frappant avec le calme de la femme.

Alors qu'ils reprenaient leur souffle, la femme commença à raconter une histoire glaçante. La bête, expliqua-t-elle, était une entité ancienne qui revenait tous les 65 ans pour réclamer sept jeunes vies. Ce cycle de terreur avait hanté la ville pendant des générations, un secret sombre connu de quelques-uns. Elle parlait de la créature non pas avec peur, mais avec une acceptation résignée, comme si son existence était un fait de vie inaltérable.

Marcus et Emily, jetant un regard à la panoplie d'armes, posèrent la question évidente : Que faire des armes à feu, des explosifs ? Ne pouvaient-ils pas être utilisés pour arrêter la bête ? La vieille femme secoua la tête, un sourire mélancolique sur son visage. Elle leur dit que beaucoup avaient essayé au fil des ans, armés d'espoir et d'armes, mais en vain. La bête n'était pas juste une entité physique ; c'était une force de la nature, une ombre qui ne pouvait être vaincue par des balles ou des bombes.

La vieille femme, d'une voix basse et régulière, révéla à Marcus et Emily un morceau de lore ancien que peu connaissaient. Selon la légende, il existait un moyen de mettre fin au règne de terreur de la bête, mais cela venait avec un coût grave. Elle parla d'un rituel, un piège qui pourrait emprisonner la bête, mais cela nécessitait un sacrifice - la vie de ceux qui l'invoquaient.

Ce rituel, expliqua-t-elle, était enraciné dans la même magie noire qui avait donné naissance à la bête. Il impliquait d'attirer la créature dans un endroit spécifique où les frontières entre les mondes étaient minces. Là, les participants effectueraient une série d'incantations anciennes, liant la bête à leur propre force vitale. L'achèvement de ce rituel entraînerait leur mort, mais entraînerait également la bête dans le royaume infernal d'où elle s'était échappée, brisant son cycle de terreur.

Les yeux de la femme se posèrent sur Marcus et Emily, son regard à la fois compatissant et solennel. Elle leur fit comprendre que c'était un chemin sans retour, un acte final de bravoure qui sauverait d'innombrables vies à l'avenir mais qui nécessiterait le sacrifice ultime.

Marcus et Emily étaient confrontés à une décision inimaginable. Pourraient-ils sacrifier leur propre vie pour arrêter ce cauchemar ? Le poids des souvenirs de leurs amis perdus et la terreur qu'ils avaient vécue pesaient lourdement sur eux. Ce rituel offrait une lueur d'espoir, non pas pour leur survie, mais pour la fin de l'horreur que représentait la bête.

Alors qu'ils réfléchissaient à leur choix, la réalité de leur situation s'installa. Ils avaient survécu à l'assaut initial de la bête, mais maintenant ils détenaient le pouvoir de mettre fin à son cycle de mort et d'apporter la paix à la ville. La révélation de la vieille femme offrait un chemin, empreint de ténèbres et de sacrifice, mais c'était un chemin qui promettait de mettre fin une fois pour toutes au règne de terreur de la bête.

# L'Heure Oubliée

Dans la charmante ville d'Eldridge, nichée entre des collines étendues et des forêts denses, une anomalie non dite enroulait ses doigts autour de la vie de ses résidents insoupçonnés. Chaque jour, précisément à 15 heures, le monde s'arrêtait — figé dans le temps pendant une heure énigmatique. Tout le monde, sauf Thomas Blake.

Thomas, un bibliothécaire solitaire à la vie banale, remarqua l'étrangeté un mercredi après-midi ordinaire. Lorsque l'horloge de la bibliothèque sonna trois heures, le monde à l'extérieur de la fenêtre s'arrêta. Les oiseaux suspendus immobiles dans le ciel, les feuilles cessèrent de bruire, et les gens dans la rue devinrent des statues en plein pas. Le silence était assourdissant, une immobilité si complète qu'elle pressait contre ses oreilles dans un bourdonnement.

Au début, Thomas pensa que c'était un tour de l'esprit, un momentané égarement dans une rêverie. Mais au fil des jours, l'anomalie se répéta, inébranlable dans sa ponctualité. Il en testa les limites, se promenant parmi les figures figées, observant le monde suspendu avec un mélange de crainte et de fascination. Mais dès que les aiguilles de l'horloge passaient l'heure, tout reprenait vie, ne laissant aucune trace de l'immobilité sauf dans l'esprit ébranlé de Thomas.

La curiosité se transforma bientôt en obsession. Thomas commença à explorer Eldridge pendant l'heure oubliée, poussé par le besoin de comprendre cette aberration temporelle. C'était lors de ces explorations qu'il commença à remarquer les anomalies au sein de l'anomalie.

Un mardi, il trouva Mme Henderson, la gentille vieille dame de Maple Street, debout dans son jardin, un sourire sinistre étirant son visage habituellement aimable, une lame de jardinage tranchante dans sa main, prête au-dessus de la forme inconsciente et figée de son mari. Le lendemain, à 15h01, elle était de retour à son agréable elle-même, servant de la limonade sur sa véranda comme si rien ne s'était passé.

Puis, il y avait le jeune Billy Tanner, le fils du maire, que Thomas trouva sur la place de la ville, figé en plein saut depuis la fontaine historique de la ville, un sac à dos rempli de pierres lourdes. Pourtant, après l'heure oubliée, Billy fut vu en train de rouler joyeusement sur son vélo dans Elm Street, le sac à dos introuvable.

Chaque jour révélait un nouveau secret, une obscurité cachée qui se tapissait sous la façade idyllique d'Eldridge. Thomas se sentait comme un vagabond solitaire dans un monde fantomatique, un monde qui reflétait le sien mais chuchotait des contes de vérités cachées et d'intentions voilées.

C'était un jeudi froid, avec les feuilles d'automne peignant la ville dans des nuances de feu, que Thomas fit une découverte glaçante. Dans le sous-sol du moulin abandonné à la périphérie de la ville, il trouva un cercle d'anciens de la ville, y compris le maire et le chef de la police, debout autour d'un étrange appareil métallique qui bourdonnait d'une énergie inquiétante. Au centre du cercle se trouvait un enfant, les yeux fermés et inconscient du rituel imminent.

La réalisation frappa Thomas comme un coup de tonnerre — l'heure oubliée n'était pas un phénomène naturel mais une création, une manipulation artificielle du temps à des fins néfastes. L'élite de la ville utilisait cette heure pour mener des actes indicibles, actes cachés du monde par le voile du temps suspendu.

Alors que l'horloge se rapprochait de la fin de l'heure, la panique s'installa. Thomas savait qu'il devait agir. Il se précipita vers l'enfant, le prenant dans ses bras et courant aussi vite que ses jambes pouvaient le porter. Les secrets de la ville, sa malveillance cachée, pesaient désormais lourdement sur sa conscience. Il ne pouvait pas laisser cela continuer, pas maintenant qu'il connaissait la vérité.

Le monde reprit vie alors qu'il franchissait le seuil du moulin, l'enfant toujours dans ses bras. Des sirènes hurlèrent au loin, un son qui remplissait Thomas d'un mélange amer de soulagement et de crainte. Il avait exposé le secret le plus sombre de la ville, mais à quel prix ?

Dans les jours qui suivirent, Eldridge fut plongée dans le chaos. Les enquêtes révélèrent les horribles vérités que Thomas avait découvertes, ébranlant la ville jusqu'à ses fondations. L'heure oubliée cessa d'exister, le temps ne s'arrêtait plus à 15 heures, mais les cicatrices qu'elle avait laissées sur Eldridge étaient indélébiles.

Thomas, autrefois un bibliothécaire inaperçu, devint un héros réticent, mais l'héroïsme ne lui apporta aucune joie. La connaissance de ce qui s'était passé pendant ces innombrables heures oubliées le hantait, un rappel de l'obscurité qui peut se cacher à la vue de tous.

Et ainsi, la ville d'Eldridge, avec ses rues pittoresques et ses visages amicaux, continua, sa normalité restaurée. Mais pour Thomas Blake, 15 heures serait à jamais un rappel de l'heure où le temps s'était arrêté, révélant les profondeurs cachées de la dépravation humaine. C'était un rappel que parfois, les horreurs les plus terrifiantes ne sont pas celles des êtres surnaturels, mais celles qui résident en nous, attendant l'heure oubliée pour libérer leur véritable nature.

# Vies Parallèles

Au cœur d'une ville animée, caché dans une boutique d'antiquités obscure, reposait un objet d'un mystère insondable. C'est là que Sarah, une jeune graphiste à la curiosité insatiable, tomba sur une paire de lunettes singulières. Anciennes, avec une délicate monture dorée, leurs verres scintillaient d'une étrange lumière éthérée.

Le marchand, un vieil homme ridé aux yeux connaissants, observait Sarah les prendre, un faible sourire aux lèvres. « Elles sont spéciales », murmura-t-il, sa voix un chuchotement perdu dans l'étendue encombrée de reliques. Mais Sarah était trop envoûtée par les lunettes pour remarquer le ton cryptique de sa voix.

De retour dans son appartement, elle les mit et poussa un cri. Le monde autour d'elle changea, se transforma en un lieu à la fois familier et bizarre. Elle regardait son propre salon, mais il était différent — les murs étaient peints d'un bleu profond au lieu de son habituel crème, et le mobilier était plus luxueux, opulent même.

En retirant les lunettes, son appartement habituel réapparut. Un frisson la traversa — elle réalisa que ces lunettes lui permettaient de jeter un œil sur des univers parallèles, sur des vies qu'elle aurait pu mener.

Les jours se transformèrent en semaines alors que l'obsession de Sarah grandissait. Elle se vit dans d'innombrables vies : dans l'une, elle était une avocate prospère ; dans une autre, une journaliste parcourant le monde ; et dans une autre encore, une mère de trois enfants. Chaque vie était un aperçu d'un monde de « et si ».

Mais plus elle s'immergeait, plus les vies qu'elle observait devenaient sombres. Elle vit des versions d'elle-même brisées par la tragédie, imprégnées de chagrin ou animées de malveillance. C'était un kaléidoscope de potentialités, à la fois magnifique et horrifiant dans son ampleur.

Sarah commença à négliger sa propre réalité. Le travail fut oublié, les amis ignorés, et sa santé se détériora. Son appartement devint une caverne d'ombres, éclairée seulement par la lueur étrange des lunettes alors qu'elle voyageait à travers ses vies alternatives.

C'est lors de l'une de ces sessions que Sarah tomba sur une vie qui l'ébranla profondément. Dans cet univers, elle était allongée dans un lit d'hôpital, son corps frêle et flétri, ses yeux fixant le plafond sans expression. Autour d'elle se tenaient des personnes qu'elle reconnaissait — ses parents, son frère, et... elle-même. Mais cette autre Sarah ne portait pas les lunettes ; elle faisait partie de cette réalité.

Un médecin parlait doucement, des mots comme « coma » et « peu probable qu'elle se réveille » flottaient dans l'air, ponctuant l'atmosphère sombre. La réalisation frappa Sarah comme un coup de poing à l'estomac — dans cet univers, elle était dans le coma depuis des années, et sa famille décidait de la laisser partir.

Dans un état de panique, Sarah arracha les lunettes, son souffle venant par soubresauts. Les murs de son appartement se refermèrent sur elle, une prison de sa propre création. Les frontières de sa réalité s'étaient estompées. Était-elle la vraie Sarah, ou juste l'ombre d'une vie vécue ailleurs ?

Des jours passèrent alors que Sarah luttait avec ses pensées, les lunettes laissées intactes sur sa table. La tentation de regarder à nouveau était là, la rongeant, mais la peur la retenait. La peur de se perdre dans le myriade de possibilités, la peur de ne pas savoir quelle réalité était vraiment la sienne.

Dans un moment de clarté, elle réalisa que son obsession pour les vies parallèles lui avait volé la sienne. Elle avait été spectatrice de son existence, vivant à travers les expériences des autres au lieu de créer les siennes.

Avec des mains tremblantes, elle prit les lunettes une dernière fois. Non pour les porter, mais pour les rendre à la boutique d'antiquités. Le marchand était là, comme s'il n'avait jamais bougé, ses yeux portant toujours cette lueur de connaissance.

« J'ai vu de nombreuses vies », dit Sarah doucement, posant les lunettes sur le comptoir.

« Et maintenant, il est temps de vivre la vôtre », répondit le marchand, les lunettes disparaissant dans la myriade d'antiquités comme si elles avalaient un secret.

Sarah sortit de la boutique, l'air de la ville lui semblant frais et nouveau. Elle prit une profonde inspiration, ses yeux clairs et déterminés. Il était temps d'embrasser sa réalité, de vivre dans l'ici et maintenant, et de créer une vie qui était uniquement et irrévocablement la sienne.

Alors qu'elle marchait dans les rues animées, une petite partie d'elle se demandait encore sur les univers parallèles, sur les vies qu'elle aurait pu mener. Mais alors que le soleil plongeait sous l'horizon, peignant le monde de teintes d'or et de cramoisi, Sarah savait que l'univers le plus important était celui dans lequel elle vivait maintenant.

# La Dernière Bibliothèque

Dans l'immensité désolée de ce qui était autrefois la Nouvelle-Angleterre, sous le règne oppressif du Nouvel Ordre, se cachait un sanctuaire secret, un bastion de savoir interdit – la Dernière Bibliothèque. Son existence était une hérésie, une rébellion silencieuse contre un régime cherchant à contrôler la pensée humaine en éradiquant tous les livres, les considérant comme de dangereux vaisseaux d'idées libres et d'imagination.

Le gardien de cet archivage clandestin était une figure énigmatique connue seulement sous le nom d'Eldritch. Enveloppé dans les ombres, sa vie était dédiée à la préservation des anciens tomes qui alignaient les étagères poussiéreuses de la Dernière Bibliothèque. Eldritch connaissait bien le péril qu'il côtoyait, car dans ce nouveau monde, les livres étaient le plus grand tabou, leur simple possession un crime punissable par des horreurs indicibles.

Le Nouvel Ordre s'était élevé sur la promesse d'une pensée unifiée, une vérité singulière qui ne tolérait aucune dissidence. Les livres, avec leurs myriades d'idées et de perspectives, étaient anathèmes pour un tel monde. Ils étaient traqués, brûlés dans de grands bûchers qui illuminaient le ciel nocturne d'une lueur sinistre. Mais dans la Dernière Bibliothèque, ces reliques trouvaient un sanctuaire, un dernier bastion contre les ténèbres envahissantes de la conformité.

Eldritch passait ses journées en compagnie silencieuse de ces livres, chaque page un portail vers des mondes inimaginés, chaque mot un murmure d'une époque où l'humanité était libre de rêver, de s'interroger, de dissenter. Mais en se plongeant plus profondément dans les tomes interdits, il commença à découvrir des vérités que le Nouvel Ordre avait longtemps enfouies – un savoir ancien, eldritche, qui parlait de pouvoirs au-delà de la compréhension humaine, des pouvoirs pouvant remettre en question les fondements mêmes de la domination du Nouvel Ordre.

C'est dans un tome poussiéreux et sans prétention qu'Eldritch trouva les premiers murmures de ces pouvoirs. Le livre, relié dans une peau dont Eldritch n'osait pas contempler l'origine, parlait des Anciens, des entités cosmiques en sommeil, attendant le jour où elles seraient appelées à reconquérir le monde. Le tome était rempli de symboles et de rituels arcaniques, un savoir aussi terrifiant qu'envoûtant.

L'esprit d'Eldritch tournait à la dérive face aux implications. Si de tels pouvoirs pouvaient être maîtrisés, ne pourraient-ils pas être utilisés pour renverser le Nouvel Ordre, pour restaurer la liberté dans les esprits de l'humanité ? Mais plus il lisait, plus il sentait les tentacules de quelque chose de sombre et insondable s'insinuer dans ses pensées. Les Anciens n'étaient pas bienveillants ; leur éveil apporterait une ère de folie et de chaos comme le monde n'en avait jamais connu.

Déchiré entre la promesse de libération et la menace de libérer une horreur ancienne, Eldritch luttait avec sa conscience. Le Nouvel Ordre devait être arrêté, mais à quel prix ? Les livres lui murmuraient dans le silence de la nuit, leurs mots un chant de sirène promettant le pouvoir et présageant le destin.

C'est alors que le Nouvel Ordre découvrit l'existence de la Dernière Bibliothèque. Leurs forces descendirent sur le sanctuaire caché, une marée d'acier impitoyable et de feu. Eldritch, avec le poids de son choix impossible pesant sur lui, fit ce qu'il avait longtemps craint – il appela les Anciens.

L'air de la bibliothèque se tordit et hurla alors qu'Eldritch récitait les incantations eldritches. Le tissu même de la réalité se déforma, et des profondeurs du vide cosmique, ils vinrent – les Anciens, leurs formes trop terribles à contempler, leur présence une offense à tout ce qui était naturel et sain.

Les soldats du Nouvel Ordre furent balayés dans une marée de folie, leurs esprits brisés à la simple vue de ces divinités anciennes. Mais la victoire fut de courte durée. Les Anciens n'étaient pas des sauveurs ; ils étaient des conquérants, des êtres d'un pouvoir insondable et aux motifs impénétrables.

Eldritch regarda avec horreur le monde qu'il connaissait être consumé par le chaos qu'il avait déchaîné. La Dernière Bibliothèque, autrefois un havre de savoir et d'espoir, devint un mausolée de la dernière folie de l'humanité.

À la fin, Eldritch fut laissé seul, gardien d'une bibliothèque en ruines dans un monde devenu fou. Les livres gisaient autour de lui, leurs pages battant dans les vents surnaturels qui hurlaient à travers les vestiges brisés de la réalité. Il avait cherché à libérer l'humanité des chaînes du Nouvel Ordre, mais en le faisant, il l'avait liée à un destin encore plus sombre.

La Dernière Bibliothèque se dressait comme un témoignage de son orgueil, un monument au péril du savoir incontrôlé et du pouvoir débridé. Eldritch errait dans ses couloirs, gardien solitaire d'un héritage qui n'avait plus d'importance, un murmure dans le vide de ce qui avait été et ce qui aurait pu être. Les Anciens régnaient en maîtres, leur domination incontestée, et le monde reposait dans leur emprise eldritche inscrutable.

# Le Voleur de Souvenirs

Dans la ville endormie de Willow Creek, nichée parmi des collines vallonnées et des bois chuchotants, une terreur invisible se faufilait dans les ombres. C'était une créature de cauchemars, une entité qui se nourrissait non pas de chair, mais de souvenirs. Tapi dans les recoins des esprits, les habitants commencèrent à oublier — non seulement des noms et des visages, mais l'essence même de qui ils étaient.

Parmi cette terreur grandissante vivait une jeune fille nommée Lily. Elle était une anomalie, immunisée contre l'étreinte sinistre du Voleur de Souvenirs. Ses journées étaient passées à observer, impuissante et horrifiée, alors que ceux qui l'entouraient se fanaient en coquilles de leur ancien moi. Sa mère oubliait comment préparer les recettes familiales qu'elle connaissait par cœur, son père fixait d'un regard vide sa guitare jadis adorée, et son petit frère la regardait comme si elle était une étrangère.

La ville se délitait, les souvenirs s'échappant comme du sable entre les doigts. Le bibliothécaire local, M. Jacobs, qui connaissait autrefois chaque livre par sa tranche, errait maintenant dans les allées, perdu et confus. Mme Bentley, l'institutrice, oubliait les noms de ses élèves, et bientôt, les leçons qu'elle avait enseignées pendant des décennies.

Lily tentait de garder une trace, écrivant tout ce qu'elle pouvait : les histoires que ses parents lui avaient racontées, la façon dont le rire de son frère sonnait, les noms des voisins. Mais alors que les pages se remplissaient, elle savait que c'était une bataille perdue. Le Voleur de Souvenirs était implacable.

Un soir, alors que le soleil disparaissait sous l'horizon et projetait de longues ombres sur la ville, Lily l'aperçut — une brume fugitive de ténèbres, une ombre qui se mouvait contre l'ordre naturel. Elle glissait dans les maisons, se faufilant à travers les fissures des portes fermées et des fenêtres obturées. Une détermination froide s'installa dans son cœur ; elle le suivrait, découvrirait ce qu'il était, et comment l'arrêter.

Armée de rien d'autre que son courage et de la lampe de poche que son père ne se souvenait plus comment utiliser, Lily suivit la créature. Elle la mena à la lisière de la ville, dans les bois denses qui murmuraient des choses oubliées. Les arbres semblaient la regarder, leurs branches griffant le ciel nocturne.

Au cœur des bois, elle le trouva. Le Voleur de Souvenirs était un spectre hideux, sa forme une masse tourbillonnante de ténèbres, des visages et des voix émergeant momentanément de son corps avant d'être absorbés dans le vide. Il planait au-dessus d'un petit étang, les eaux reflétant non pas la lune au-dessus, mais les souvenirs qu'il avait volés.

Lily ressentit un frisson le long de son échine en regardant les souvenirs se jouer à la surface de l'eau — sa mère chantant une berceuse, son père lui apprenant à jouer de la guitare, les premiers pas de son frère. Les larmes coulèrent sur son visage lorsqu'elle réalisa la profondeur de ce qui leur avait été pris, à tous.

Elle sut alors ce qu'elle devait faire. La créature était liée à l'étang, la source de son pouvoir. Si elle pouvait le perturber, peut-être, juste peut-être, les souvenirs pourraient être rendus.

Elle courut retourner en ville, rassemblant des objets dont elle se souvenait que sa grand-mère parlait dans de vieilles histoires — du sel, pour la pureté ; du fer, pour la force ; et du feu, pour la purification. Alors que la ville dormait, perdue dans un brouillard d'oubli, Lily travailla à l'abri de l'obscurité.

Elle retourna à l'étang, le cœur battant dans sa poitrine. Elle étala le sel en un large cercle autour de l'eau, plaça le fer à son bord, et enfin, alluma un cercle de feu entre les deux. Le Voleur de Souvenirs hurla, un son de douleur et de fureur qui secoua les bois. L'étang s'agita alors que les souvenirs luttaient pour se libérer de ses profondeurs.

Puis, avec un éclair aveuglant qui déchira la nuit, tout fut terminé. L'étang était calme, ne reflétant que la lune. Le Voleur de Souvenirs était parti, banni par le courage de Lily et la sagesse des vieilles histoires.

Alors que le soleil se levait sur Willow Creek, quelque chose de miraculeux se produisit. Les souvenirs commencèrent à revenir. Les gens se réveillèrent en sursaut, comme émergeant d'un long sommeil. La famille de Lily la serra dans ses bras, des larmes de joie et de soulagement se mêlant à une nouvelle appréciation pour chaque souvenir qu'ils avaient retrouvé.

La ville se reconstruisit lentement, leur épreuve partagée un souvenir qu'ils souhaitaient pouvoir oublier mais savaient devoir se rappeler. Lily fut saluée comme une héroïne, un titre qu'elle portait avec humilité, sachant que ce n'était pas seulement son fait, mais la mémoire collective de sa ville, son héritage, qui les avait tous sauvés.

Willow Creek ne serait plus jamais la même, toujours vigilante des ombres, mais ils avaient appris la véritable valeur de leurs souvenirs — l'essence de leurs identités, le cœur de leur humanité. Et au cœur de tout cela se tenait Lily, une jeune fille qui avait affronté les ténèbres et reconquis la lumière.

# Le Dernier Rêveur

Dans un futur où la nuit avait perdu son emprise et le sommeil était devenu une relique obsolète, existait un homme qui défiait les nouvelles normes de l'humanité. Dans un monde illuminé par l'éclat incessant du progrès, où les gens travaillaient et vivaient dans des cycles sans fin, Julian était une anomalie — il était le dernier rêveur.

En cette ère, les scientifiques avaient développé un moyen d'éradiquer le besoin de dormir, le jugeant inefficace. Le Sérum Sans Rêve, c'est ainsi qu'ils l'appelaient, une percée qui permettait aux humains de rester éveillés, productifs et perpétuellement alertes. Mais Julian, en raison d'une rare anomalie génétique, était immunisé contre le sérum. Chaque nuit, alors que le monde bourdonnait d'activité constante, il succombait au rythme ancien du sommeil naturel, plongeant dans un royaume de rêves.

Les rêves de Julian devinrent un sujet de fascination. Les rêves étaient devenus des mythes, des contes d'un vieux monde, et Julian était le seul pont vers cet art perdu. Son esprit conjurait des images et des histoires qu'aucune IA ne pouvait reproduire, des émotions qu'aucun algorithme ne pouvait prévoir. Il devint une célébrité, ses rêves une marchandise dans un monde affamé pour la créativité organique que seul l'esprit inconscient pouvait produire.

Les entreprises se disputaient les droits sur son sommeil, diffusant ses rêves en flux vivants pour une population assoiffée d'un goût des paysages surréalistes qu'ils ne pouvaient plus visiter. Expériences de réalité virtuelle, films, livres et installations artistiques — tout était né des profondeurs des visions nocturnes de Julian.

Mais à mesure que ses rêves étaient extraits, catalogués et monétisés, Julian se sentait se défaire. La frontière entre l'éveil et le rêve commença à se brouiller. Pendant la journée, il apercevait des figures de rêve dans les foules, entendait des échos de conversations de rêve dans le bourdonnement de la ville. La réalité devenait un concept précaire, aussi fragile et éphémère que les volutes d'un rêve qui s'estompe.

Tout commença par de petites étrangetés. Julian se réveillait avec des souvenirs vifs de conversations qui n'avaient jamais eu lieu, ou il trouvait des objets de ses rêves — une plume, une pièce étrange, un morceau de verre — serrés dans son poing à son réveil. Puis, les rêves commencèrent à se déverser dans ses heures éveillées, non sollicités et incontrôlables.

Il marchait dans la rue, et les bâtiments se métamorphosaient en structures imposantes et impossibles de son monde de rêve. Les visages des gens se tordaient en visages bizarres, d'un autre monde, et le ciel tourbillonnait de couleurs qui défiaient le spectre du monde éveillé.

Julian chercha de l'aide, mais dans un monde qui avait oublié comment rêver, aucune solution ne fut trouvée. Les scientifiques qui avaient créé le Sérum Sans Rêve ne pouvaient que regarder avec fascination et horreur la détérioration de l'état de Julian, leurs théories et instruments inutiles contre la marée de rêves qui érodait son esprit.

Les entreprises, voyant l'impact sur leur actif le plus précieux, tentèrent d'intervenir. Elles essayèrent de réguler son sommeil, de contrôler son exposition au monde des rêves, mais il était trop tard. La barrière avait été franchie, et les vannes étaient ouvertes.

Dans ses derniers jours, Julian était à la fois vénéré et craint — un témoignage vivant du pouvoir et du danger de l'inconscient. Les gens regardaient ses diffusions non seulement pour le divertissement mais avec une fascination morbide, témoignant de la désintégration du dernier rêveur.

La réalité de Julian devint un cauchemar éveillé, un kaléidoscope de rêve et d'éveil qu'il ne pouvait plus naviguer. Sa dernière diffusion fut l'événement le plus regardé de l'histoire. Des millions de personnes s'accordèrent pour le voir fermer les yeux pour la dernière fois, une veillée solennelle pour la fin d'une ère.

Lorsqu'il ne se réveilla pas, le monde fut plongé dans un silence stupéfait. La mort de Julian marqua la fin des rêves, une fermeture définitive de la porte d'une partie de l'existence humaine désormais perdue à jamais.

Les conséquences de la vie de Julian eurent des effets profonds sur la société. Les gens commencèrent à remettre en question le coût de leur quête incessante d'efficacité et de productivité. Le Sérum Sans Rêve fut regardé avec un nouveau scepticisme, et un mouvement commença pour reconquérir l'art perdu du sommeil, pour se reconnecter avec le royaume mystérieux des rêves que Julian leur avait montré.

Mais malgré tous leurs efforts, les rêves ne revinrent pas. La psyché humaine avait été irrévocablement altérée, et le monde dut accepter une réalité dépourvue des paysages subconscients qui avaient autrefois enrichi leur existence.

Julian, le dernier rêveur, devint une légende, un conte édifiant sur l'équilibre délicat entre le progrès et les aspects fondamentaux de la nature humaine. Ses rêves, autrefois une marchandise, devinrent des reliques sacrées d'un temps perdu, chéries et pleurées comme les restes d'un monde qui ne rêverait plus jamais.

# Échos du Passé

Dans la paisible ville de Marlowe, nichée parmi des collines ondulantes et des forêts murmurantes, un phénomène étrange se cachait dans les murs d'une vieille maison apparemment inoffensive. Ici, Ethan, seize ans, découvrit une radio ancienne, son corps couvert de poussière et ses boutons usés, mais elle bourdonnait d'une vie propre.

Au début, Ethan pensait qu'elle était un vestige, un souvenir des jours révolus, jusqu'à la nuit où elle s'anima d'une clarté surprenante. La radio, avec sa lueur inquiétante et ses cadrans fantomatiques, diffusait des nouvelles du passé. Des voix de la Seconde Guerre mondiale, des annonces de victoires et de tragédies oubliées résonnaient à travers ses haut-parleurs. Ethan était fasciné, écoutant l'histoire se dérouler en temps réel, mais il réalisa bientôt quelque chose de plus troublant — il était le seul à pouvoir entendre ces émissions.

Intrigué et légèrement déconcerté, Ethan commença à explorer cet énigme nouvellement trouvé. Nuit après nuit, il se blottissait dans le grenier, s'immisçant dans les chuchotements de l'histoire. Ce fut lors de l'une de ces sessions qu'il tomba sur une révélation glaçante. La radio n'échoit pas seulement le passé ; elle murmurait des événements à venir.

Cela commença par des petites choses. Un incendie local qu'elle prédisait, un accident mineur là-bas. D'abord sceptique, Ethan trouva bientôt les prédictions de la radio irréfutablement précises. La réalisation de son pouvoir le frappa avec émerveillement et peur. Il tenait entre ses mains un appareil qui pouvait changer le cours des vies, un outil qui marchait sur la fine ligne entre miracle et malédiction.

Alors que la radio continuait de prédire des événements avec une précision troublante, Ethan fut confronté à un dilemme moral. Pouvaient-il utiliser cette connaissance pour changer l'avenir, pour sauver des vies ? Ou était l'avenir un courant sacré, à ne pas être perturbé par les mains humaines ?

Son premier test arriva rapidement. La radio bourdonnait avec la nouvelle d'un accident de voiture dévastateur impliquant un bus scolaire sur Main Street — un événement qui n'avait pas encore eu lieu. Ethan lutta avec la décision, le poids de vies potentielles sur sa conscience. Finalement, poussé par un sens du devoir, il passa un conseil anonyme, citant un danger potentiel sur la route en question.

L'accident fut évité, mais le soulagement qu'Ethan ressentit fut de courte durée. Son interférence eut des conséquences imprévues. Le changement d'itinéraire conduisit à un embouteillage, entraînant une série d'accidents mineurs et une crise cardiaque. La culpabilité pesait sur lui — en essayant de jouer le destin, il était devenu un agent de chaos.

Ethan jura d'être plus prudent, mais les chuchotements de la radio étaient incessants. Un incendie d'usine, une inondation, un vol — les prédictions augmentaient en échelle et en gravité. Chaque avertissement apportait avec lui une tempête de dilemmes moraux. En sauvant certains, condamnait-il d'autres ? Modifiait-il les destins ou simplement les accomplissait-il ?

La situation s'aggrava lorsque la radio émit son avertissement le plus grave — un déraillement de train catastrophique qui coûterait la vie à des dizaines de personnes. Ethan était déchiré. Ses tentatives précédentes d'intervenir lui avaient appris la nature périlleuse de ses actions, mais la perte potentielle de vie était trop grande pour être ignorée.

Dans une décision qui le hanterait, Ethan agit. Il signala une menace de bombe dans le train, assurant son évacuation. Le train, sans conducteur et sans passagers, dérailla comme prévu, une épave tordue au cœur de Marlowe.

Pour un moment, Ethan se sentit victorieux, ayant sauvé d'innombrables vies. Mais la victoire fut de courte durée. Des enquêtes suivirent, la paranoïa balaya Marlowe, et des vies innocentes furent bouleversées dans la chasse à un poseur de bombe inexistant. Ethan regarda la ville qu'il aimait plonger dans un vortex de suspicion et de peur, tout à cause de ses actions.

Les diffusions de la radio devinrent une source de terreur pour Ethan. Il ne pouvait plus se fier à lui-même avec sa connaissance. Le fardeau de l'avenir, avec ses possibilités et conséquences infinies, était trop lourd pour une seule personne à porter.

Dans un acte final de désespoir, Ethan détruisit la radio, taisant les échos du passé et ses prédictions sinistres. Le grenier, autrefois une chambre de secrets et de possibilités, tomba silencieux, son air lourd avec la poussière des conséquences.

Ethan sortit de l'expérience plus âgé, plus sage et chargé de la connaissance que certaines choses, en particulier l'avenir, n'étaient pas destinées à être altérées. Les chuchotements de la radio devinrent un souvenir obsédant, un rappel fantomatique du temps où il tenait l'avenir entre ses mains et apprenait la dure leçon qu'avec un grand pouvoir vient une profonde responsabilité.

Marlowe retrouva son rythme paisible, inconscient de la proximité du précipice. Ethan, à jamais changé, parcourait ses rues avec une nouvelle compréhension de la tapisserie délicate de la vie. Il avait entendu les échos du passé, aperçu les ombres de l'avenir, et émergé avec la connaissance que le présent était une chose fragile, précieuse — à ne pas modifier à la légère.

# Le Point de Disparition

Dans la ville pittoresque et apparemment innocente de Derry, dans le Maine, une rumeur étrange avait commencé à circuler, murmurée dans les coins des bars sombres et dans les allées silencieuses de la bibliothèque locale. On disait que des gens disparaissaient sans laisser de trace, pour être retrouvés dans un village obscur et oublié connu sous le nom d'Elysium.

Parmi ces murmures vivait Tom Harding, un photographe à l'œil pour le macabre et un penchant pour capturer l'essence du côté plus sombre de Derry. Ses photographies étaient réputées pour leur capacité à perturber, à évoquer un sentiment de malaise. Mais Tom allait découvrir que son appareil photo détenait un pouvoir plus sinistre.

Tout a commencé avec un simple portrait. Un ivrogne local, connu seulement sous le nom de 'Crazy Eddie', avait été le sujet de Tom. Au moment où l'appareil photo de Tom cliqua, Eddie se figea, les yeux écarquillés d'une terreur indicible. Avant que Tom ne puisse réagir, Eddie disparut, ne laissant derrière lui qu'un nuage de brume qui se dissipa dans l'air.

Au début, Tom refusa de croire à ce qui s'était passé. Mais lorsqu'il développa la photographie, il y avait Eddie, piégé dans le papier, son expression celle d'une horreur éternelle. Le cœur de Tom battait la chamade, partagé entre la peur et la fascination. Son appareil photo, une pièce vintage qu'il avait trouvée dans une boutique d'antiquités, était plus qu'un simple outil ; c'était une passerelle, un pont vers ailleurs.

Poussé par une curiosité morbide, Tom commença à expérimenter. Chaque clic de son appareil apportait le même résultat — le sujet disparaissait, pour réapparaître à Elysium. Le village, comme il l'apprit rapidement, était un endroit hors du temps, une tache oubliée sur la carte où les disparus vivaient dans une torpeur, inconscients de leur situation.

À mesure que le nombre de personnes disparues à Derry augmentait, les murmures aussi. Tom, tourmenté par la culpabilité et un besoin insatiable de comprendre, se retrouva au centre d'un mystère qui dénouait le tissu de sa réalité.

Une nuit d'orage, alors que la foudre fracturait le ciel, Tom prit une décision qui changerait à jamais le cours de sa vie. Il pointa son appareil sur lui-même, appuyant sur le déclencheur d'une main tremblante. Dans un éclair de lumière, il disparut.

Tom se réveilla à Elysium, un village enveloppé de brume et de silence. L'air était chargé d'un sentiment de désespoir, les visages des disparus marqués par la confusion et la perte. Il erra dans les rues désertes, le calme étrange ponctué par le rire lointain d'un enfant ou le glas mélancolique d'une cloche d'église.

Mais Elysium était plus qu'une prison ; c'était une énigme. Tom découvrit que chaque personne qu'il avait photographiée détenait un morceau du secret du village, un fragment de la vérité derrière son existence. En rassemblant leurs histoires, une image glaçante commença à émerger.

Elysium était une création de l'appareil photo lui-même, une manifestation de son énergie maudite. C'était un lieu de purgatoire, où les âmes capturées par l'objectif étaient retenues, suspendues dans un limbe perpétuel. L'appareil photo, Tom le réalisa, ne capturait pas seulement des images ; il volait des essences, les emprisonnant dans le royaume fantomatique d'Elysium.

Déterminé à réparer ses torts, Tom se lança dans une quête pour démêler les origines de l'appareil photo. Son voyage le mena à des textes anciens et des légendes oubliées, des récits d'un appareil conçu par un fou, alimenté par la magie noire et un pacte avec quelque chose d'autre monde.

À mesure que la vérité se dévoilait, Tom était confronté à la réalité de sa situation. Pour libérer les âmes d'Elysium, il devait détruire l'appareil photo. Mais l'appareil était lié à sa propre âme, une symbiose forgée avec chaque photographie qu'il avait prise.

Avec une résolution née du désespoir, Tom se dirigea vers le cœur d'Elysium, l'appareil photo à la main. Là, au milieu des figures spectrales des disparus, il fracassa l'appareil contre les pavés, le brisant en mille morceaux.

Une onde de choc se propagea à travers Elysium, le village s'effondrant autour de lui alors que les âmes des disparus étaient libérées, leurs silhouettes s'estompant dans la brume jusqu'à ce que seul Tom reste, seul dans les ruines du village abandonné.

À l'aube sur les restes d'Elysium, Tom se retrouva à Derry, la malédiction de l'appareil photo levée, ses victimes de retour à leur vie, leurs souvenirs d'Elysium s'effaçant comme un mauvais rêve.

Mais pour Tom, les souvenirs persistaient, un rappel hantant du prix de la curiosité et de la frontière ténue entre la réalité et les royaumes au-delà. Il abandonna son appareil photo, ses jours de capture des ombres révolus. Au lieu de cela, il passa ses jours à errer dans les rues de Derry, un fantôme parmi les vivants, un homme qui avait plongé dans l'abysse et en était revenu, à jamais marqué par les échos du passé.

Derry retrouva son rythme paisible, inconsciente de sa proximité avec le gouffre. Tom, marqué à jamais par son périple dans les ombres d'Elysium, déambulait désormais dans les rues de Derry, ses yeux emplis d'une nouvelle sagesse. Il avait exploré les profondeurs de l'âme humaine et en était ressorti convaincu que chaque instant de la vie, fragile et éphémère, devait être chéri et respecté, un précieux cadeau qu'il s'était promis de ne plus jamais prendre à la légère.

# L'Ombre sur le Mur

Dans la ville endormie de Derry, dans le Maine, la famille Morgan trouva la maison de ses rêves : une vieille demeure victorienne, nichée en périphérie, entourée d'un bosquet d'arbres anciens dont les branches chuchotaient des secrets d'antan. La maison était une aubaine, son prix réduit en raison de son âge et d'une série d'événements inexpliqués dans son histoire. Les Morgan, peu découragés par les superstitions locales, emménagèrent, impatients de commencer leur nouvelle vie.

Presque immédiatement, ils remarquèrent quelque chose de particulier dans leur nouvelle demeure. Dans le salon, sur un mur baigné par le soleil de l'après-midi, se trouvait une ombre. C'était une tache amorphe, sombre et dense, sans source discernable. Elle n'était pas projetée par un meuble ou un objet ; c'était comme si l'ombre existait indépendamment, faisant partie du mur lui-même.

Au début, ils essayèrent de l'ignorer. "C'est juste un jeu de lumière," disait Dan Morgan, essayant de convaincre sa femme Sarah et leurs deux enfants, Lily et Sam. Mais au fil des semaines, l'ombre restait, immuable, une tache sombre et silencieuse dans leur début lumineux.

Puis, les choses commencèrent à changer. L'ombre semblait pulser, ses bords scintillants, comme si elle était une entité vivante, respirante. Des voix chuchotantes se faisaient entendre tard dans la nuit, émanant de sa proximité. Les objets près du mur se retrouvaient parfois déplacés ou renversés. Le chien de la famille, Max, refusait d'entrer dans la pièce, aboyant et grognant contre l'ombre.

Ce fut le jeune Sam qui la vit bouger en premier. Il prétendit avoir vu une main, noueuse et pâle, sortir de l'ombre, griffant l'air avant de se retirer dans les ténèbres. Ses parents écartèrent cela comme un excès d'imagination, mais Lily l'avait vue aussi. Elle garda le silence, de peur d'être ridiculisée, mais la nuit, elle restait éveillée, fixant le mur, se demandant ce qui se cachait à l'intérieur.

Alors que l'inquiétude de la famille grandissait, l'activité autour de l'ombre s'intensifiait. Des zones froides apparaissaient dans la pièce, les appareils électroniques dysfonctionnaient, et un sentiment oppressant d'être observé s'installait dans la maison.

Déterminé à découvrir la vérité, Dan rechercha l'histoire de la maison. Il apprit que son propriétaire original était un homme reclus, réputé s'adonner à l'occulte, et des familles suivantes qui y avaient vécu, toutes partant précipitamment, leurs histoires inédites.

Un soir d'orage, alors que la foudre fracturait le ciel, l'ombre sur le mur commença à s'étirer et à grandir, se tordant en une gueule béante. De celle-ci, une figure émergea — un homme, ou ce qui aurait pu être un homme, ses traits tordus dans l'agonie, ses yeux devenus des puits de désespoir.

La famille regarda avec horreur la figure se déplacer dans la pièce, tendant des mains qui passaient à travers tout ce qu'elles touchaient. Puis, avec un cri de détresse, elle fut tirée de nouveau dans l'ombre, disparaissant dans les ténèbres.

La panique s'installa. Les Morgan réalisèrent qu'ils n'étaient pas seuls dans la maison ; ils vivaient avec des entités d'une autre dimension, piégées dans l'ombre sur le mur. Craignant pour leur sécurité, ils décidèrent de partir, mais la ville de Derry en avait décidé autrement. La tempête s'était transformée en un violent orage, bloquant toutes les routes hors de la ville, piégeant les Morgan dans leur demeure hantée. La maison accueillante de style victorien semblait désormais une prison, ses murs résonnant des chuchotements de l'inconnu.

À mesure que la nuit s'approfondissait, l'ombre sur le mur devenait plus agitée. Plus de figures émergeaient, chacune plus grotesque que la précédente, leurs formes déformées, leurs visages gravés de douleur et de folie. L'air dans la pièce s'épaississait, chargé d'une énergie étrange qui semblait s'infiltrer dans les os même de la maison.

Dan, désespéré de protéger sa famille, se souvint d'un ancien rituel mentionné dans les archives historiques de la maison. On disait qu'il fermait la porte que le propriétaire original avait involontairement ouverte. Le rituel nécessitait un sacrifice, un morceau de son âme, pour sceller la brèche entre les dimensions.

Sans autre option, Dan décida d'effectuer le rituel. Il rassembla sa famille dans le salon, leurs visages pâles et les yeux écarquillés de peur. Il commença à réciter les incantations, les mots étrangers mais d'une certaine manière familiers, comme s'ils résonnaient avec la maison elle-même.

L'ombre se tordait et hurlait, une cacophonie de voix menaçant de briser leur santé mentale. Dan continua, sa voix stable malgré la terreur qui serrait son cœur. Alors qu'il atteignait le point culminant du rituel, il sentit une partie de lui-même s'échapper, une essence de son être sacrifiée à l'ombre.

Avec un dernier cri guttural, l'ombre se rétrécit, les figures disparaissant dans le mur, qui semblait maintenant normal, baignant innocemment dans la lumière de la lune filtrant à travers la fenêtre.

La maison tomba silencieuse, l'atmosphère oppressante se dissipant. Les Morgan se blottirent ensemble, le soulagement se mêlant à une profonde épuisement. Ils avaient survécu à la nuit, mais le coût de leur sécurité était gravé dans le regard creux de Dan, une partie de lui à jamais perdue dans l'ombre.

Dans les jours qui suivirent, les Morgan quittèrent la maison, laissant derrière eux l'ombre sur le mur et les souvenirs de cette nuit terrifiante. La maison retourna à sa veille silencieuse, attendant ses prochains occupants, l'ombre sur le mur restant dormante, ses secrets à nouveau cachés.

La ville de Derry chuchotait au sujet des Morgan, au sujet de la nuit de la tempête et des ombres dans la vieille maison victorienne. Les chuchotements se transformèrent en histoires, les histoires en légendes. Mais dans les murs de la maison, la vérité demeurait, un sombre rappel de la fine frontière entre les mondes et les dangers de plonger trop profondément dans l'inconnu.

Et au cœur de la maison, sur le mur du salon, l'ombre attendait, un gardien silencieux des horreurs qu'elle avait témoignées, une porte vers un monde qu'il valait mieux ne pas explorer.

# La Station de la Boucle Temporelle

Dans la petite ville sans prétention de Chester's Mill, dans le Maine, se cachait une anomalie à la vue de tous — la gare de Chester's Mill. Pour la plupart, c'était juste une relique du passé, une structure en déclin que les trains ne visitaient plus. Mais pour quelques élus, c'était l'épicentre d'un phénomène insondable : une boucle temporelle qui se réinitialisait avec le coucher du soleil.

Parmi ceux piégés dans la boucle se trouvait Jack, un voyageur fatigué qui était tombé sur Chester's Mill par hasard. Au début, Jack pensait vivre un déjà-vu — les mêmes conversations, les mêmes personnes montant et descendant du train, le même coucher de soleil peignant le ciel de teintes enflammées. Mais au fil des jours, ou de ce qu'il percevait comme des jours, il réalisa la terrifiante vérité — lui, avec quelques autres, revivait le même jour encore et encore.

Les autres étaient un groupe éclectique : un vieil homme nommé Henry qui avait été chef de gare dans sa jeunesse, un jeune couple, Mark et Anna, en route pour commencer une nouvelle vie, et Elise, une femme solitaire qui se tenait à l'écart, griffonnant des notes dans un journal usé. Ils se souvenaient tous de chaque réinitialisation, chacun piégé dans son propre enfer personnel.

Chaque jour, ils essayaient quelque chose de nouveau pour briser le cycle. Ils interféraient avec les événements, tentaient de quitter la ville, essayaient même d'avertir les habitants inconscients. Mais chaque tentative se soldait par un échec. Le jour se réinitialisait, effaçant leurs efforts, les laissant recommencer à zéro.

Jack devint obsédé par la compréhension de la boucle. Il passa des jours à explorer la gare, cherchant des indices. C'est lors de l'une de ces explorations qu'il découvrit une pièce cachée sous le guichet des billets. À l'intérieur, il trouva un assortiment d'équipements étranges et anciens, et une série de journaux, semblables à ceux d'Elise, remontant à des décennies.

Les journaux appartenaient à Henry et documentaient sa découverte de la boucle, ses théories et ses tentatives infructueuses de s'échapper. Henry croyait que la boucle était liée à la gare elle-même, résultat d'une expérience ratée menée lors de sa construction, impliquant quelque chose qu'il appelait des « ancres quantiques ».

Armé de ces nouvelles connaissances, Jack et les autres se mirent à détruire ces ancres. Ils fouillèrent la gare et la ville, trouvant et démantelant les étranges dispositifs décrits par Henry. Mais à chaque ancre détruite, la boucle devenait plus instable, le temps commençant à se tordre et à se déformer autour d'eux.

Les bâtiments vieillissaient et se décomposaient sous leurs yeux, ou revenaient à des états antérieurs. Les gens à l'extérieur de la boucle commencèrent à s'en rendre compte, les habitants de Chester's Mill pris dans des moments éphémères de confusion et de peur, la réalité se pliant autour d'eux.

À la destruction de la dernière ancre, un grand tremblement secoua la gare. Le groupe se prépara, s'attendant à être libéré de la boucle. Au lieu de cela, ils furent projetés dans un maelström de temps fracturé.

Ils se retrouvèrent à vivre des moments de leur vie dans le désordre, le passé et le futur se heurtant. Jack se vit arriver à la gare pour la première fois, puis en tant que vieil homme, usé et brisé par la boucle. Mark et Anna revécurent leur première rencontre et leur dernier adieu simultanément.

Elise fut prise dans un cycle d'écriture et d'effacement de ses notes, son visage marqué par le désespoir.

La ville de Chester's Mill fut plongée dans le chaos, ses résidents piégés dans leurs propres cycles temporels. La réalité était devenue un kaléidoscope de moments, chaque tour révélant un nouveau motif désorientant.

Dans un effort désespéré pour restaurer l'ordre, le groupe retourna à la gare. Au milieu du chaos, Elise révéla sa propre vérité — elle était physicienne, une des personnes ayant travaillé sur le projet qui avait conduit à la création de la boucle. Les ancres n'étaient pas la cause, mais le contrôle. Sans elles, le temps lui-même se délitait.

Sans autres options, ils travaillèrent ensemble pour reconstruire les ancres, utilisant les connaissances d'Elise et les journaux d'Henry. Alors que la dernière ancre se mettait en place, une lumière aveuglante enveloppa la gare.

Jack se réveilla pour se retrouver dans un train, s'éloignant de Chester's Mill. Il regarda par la fenêtre, voyant la gare s'éloigner au loin, sa structure entière, la ville autour paisible.

Il vérifia sa montre. Le temps avançait, chaque seconde s'écoulant comme elle le devrait. La boucle était brisée, mais à quel prix ? Chester's Mill et ses habitants portaient les cicatrices du temps fracturé, les souvenirs d'événements qui ne s'étaient jamais vraiment produits gravés dans leurs esprits.

Jack emporta avec lui les souvenirs de mille jours vécus en répétition, d'amitiés forgées dans le creuset de l'impossible. Il savait qu'il ne retournerait jamais à Chester's Mill, mais les échos de la station de la boucle temporelle le hanteraient à jamais, un rappel de la fragilité du temps et de la résilience de l'esprit humain face à l'inexplicable.

# L'Autre Côté du Miroir

Dans l'antique ville embrumée d'Arkham, Massachusetts, nichée parmi des maisons délabrées aux pignons étranges et des rues sinueuses chuchotant des ères oubliées, existait une boutique d'antiquités sans nom. C'est dans ce réceptacle ombragé de l'arcane et de l'ésotérique qu'Ambrose Carter, professeur à l'Université Miskatonic, découvrit un objet qui le conduirait sur un chemin d'obsession et de folie.

L'objet en question était un miroir, mais pas un miroir ordinaire. Il était encadré dans de l'ébène sculpté avec ornements, l'artisanat suggérant des origines perdues dans le temps et l'histoire. Le verre lui-même semblait onduler d'un éclat surnaturel, comme s'il était un portail vers des royaumes inconnus. Quand Ambrose le regarda pour la première fois, il ne vit pas son visage actuel, marqué par le temps, mais celui d'un homme plus jeune, plus vibrant, vivant une vie radicalement différente de la sienne.

Intrigué et légèrement déconcerté, Ambrose acheta le miroir, l'installant dans son bureau parmi sa collection de tomes anciens et d'artefacts. Chaque soir, alors que le soleil plongeait sous l'horizon, projetant de longues ombres à travers sa fenêtre, il s'asseyait devant le miroir, captivé par la vie qu'il lui montrait.

Dans cette existence alternative, il n'était pas un universitaire solitaire mais un explorateur à succès, un homme de richesse et de renommée. Il se voyait naviguer dans des villes perdues, exhumer des reliques de civilisations depuis longtemps oubliées. Il avait une famille, une épouse magnifique et des enfants adorants, un contraste frappant avec son existence solitaire.

Au fil des jours devenant des semaines, la fascination d'Ambrose pour le miroir se transforma en une obsession dévorante. Il négligea ses devoirs d'enseignant à l'université, ses amis, même sa propre santé. Ses heures éveillées étaient consacrées à étudier ses livres, cherchant toute connaissance sur les origines et les pouvoirs du miroir, tandis que ses nuits étaient consumées par les visions qu'il offrait.

C'est lors d'une de ces veillées nocturnes qu'Ambrose remarqua les changements subtils et sinistres qui commencèrent à se manifester. La réalité alternative qu'il observait commença à se déformer, les scènes joyeuses cédant la place à des visions plus sombres et malveillantes.

Il se vit, son autre lui, sombrer dans la folie, entraîné par une quête insatiable de connaissances interdites. Cet autre Ambrose s'enfonça dans les arts sombres, communiquant avec des entités étranges qui murmuraient des secrets au-delà du voile de la réalité. Sa famille, autrefois source de joie, le regardait maintenant avec peur et répulsion.

Ambrose essaya de se détacher du miroir, mais c'était comme s'il avait ensorcelé son âme. La barrière entre sa réalité et celle dans le miroir commença à s'amincir, les horreurs qu'il observait s'infiltrant dans son monde.

Il se réveillait de sommeils agités pour trouver des symboles anciens et arcaniques gravés sur les murs de son bureau, ses livres réarrangés pour former des motifs occultes qu'il n'osait pas contempler. Des chuchotements remplissaient la pièce, des voix qui n'étaient pas les siennes, parlant dans des langues qu'aucune langue humaine ne devrait prononcer.

Dans son désespoir, Ambrose se tourna vers ses collègues de l'université, des experts en occultisme et en arcane. Mais quand ils arrivèrent chez lui, ils ne trouvèrent pas un homme au bord de la folie, mais une coquille vide. Ambrose Carter avait disparu, son bureau saccagé, le miroir brisé en mille morceaux.

L'enquête qui suivit ne trouva aucune trace du professeur. C'était comme s'il avait simplement disparu de la surface de la terre. Mais ceux qui connaissaient le miroir, qui avaient aperçu son éclat surnaturel, chuchotaient qu'Ambrose Carter n'avait pas disparu mais avait traversé dans l'autre réalité, son âme à jamais emprisonnée dans la vie alternative qu'il lui avait montrée.

Le miroir, ou ce qu'il en restait, fut enfermé dans les archives de l'université, un objet maudit que personne n'osait étudier davantage. La pièce où il avait résidé fut scellée, les chuchotements et les symboles qui s'y étaient manifestés trop inquiétants pour être affrontés.

Le sort d'Ambrose Carter devint une légende, un conte de mise en garde sur les dangers de s'aventurer trop profondément dans l'inconnu. L'Autre Côté du Miroir fut évoqué à voix basse, un secret sombre et effrayant parmi les cercles académiques de l'Université Miskatonic. Les morceaux éclatés du miroir, chacun reflétant une réalité déformée et tordue, étaient réputés posséder toujours le terrible pouvoir qui avait revendiqué Ambrose. Des rumeurs circulaient sur des événements étranges près de l'archive scellée, des ombres qui bougeaient d'elles-mêmes et un froid qui s'infiltrait à travers les murs, glaçant les os de ceux qui s'aventuraient trop près.

Dans la ville d'Arkham, les contes du miroir maudit se répandirent comme une traînée de poudre, se mêlant au folklore local et ajoutant une autre couche spectrale à l'image hantée de la ville. La boutique d'antiquités où Ambrose avait trouvé le miroir devint un objet de superstition et de peur. Son propriétaire disparut sans laisser de trace peu après la disparition d'Ambrose, laissant la boutique abandonnée, ses fenêtres barricadées, ses secrets sombres enfermés à l'intérieur.

Les années passèrent, et l'histoire d'Ambrose Carter et de L'Autre Côté du Miroir tomba dans l'oubli, rappelée seulement par quelques vieux habitants de la ville et les érudits plus ésotériques de l'université. Mais dans le monde de l'arcane et de l'inconnu, rien n'est jamais vraiment oublié.

Dans un coin poussiéreux de la bibliothèque de l'université, un jeune étudiant tomba sur le récit d'Ambrose Carter en recherchant pour une thèse sur les mythes d'Arkham. Poussé par la curiosité et l'arrogance de la jeunesse, il chercha l'archive scellée, s'introduisant sous le couvert de la nuit.

Alors qu'il fouillait les restes de l'étude d'Ambrose, l'étudiant trouva un fragment du miroir, sa surface encore intacte. Poussé par une compulsion inexplicable, il y jeta un regard et ne vit pas son reflet mais une vision d'Ambrose Carter, ses yeux remplis d'une supplique silencieuse, un avertissement de l'au-delà.

L'étudiant, terrifié, lâcha le fragment, qui se brisa en poussière. Mais il était trop tard. Il avait regardé L'Autre Côté du Miroir, et comme Ambrose avant lui, il avait réveillé quelque chose qui aurait dû rester endormi.

Le lendemain, l'étudiant était introuvable. Sa chambre universitaire était vide, ses affaires intactes. Une recherche fut menée, mais aucune trace de lui ne fut jamais trouvée.

Dans l'archive scellée, la température tomba à un froid surnaturel, et les ombres s'allongèrent, s'étendant avec une faim semblant appeler les imprudents. L'université finit par murer toute la section, interdisant l'entrée à quiconque sous peine d'expulsion. Mais la légende de L'Autre Côté du Miroir perdura, un murmure spectral dans les couloirs de l'Université Miskatonic et dans les rues brumeuses d'Arkham. Elle servait de rappel sinistre de la mince frontière entre notre monde et les royaumes inconnus, et du péril qui accompagne le fait de plonger trop profondément dans l'abîme.

Le nom d'Ambrose Carter était devenu synonyme de la folie de chercher un savoir mieux laissé caché, une histoire racontée à voix basse aux étudiants aux yeux écarquillés lors des nuits orageuses à Arkham. Et au cœur de l'archive scellée, derrière des couches de briques et de mortier, les restes du miroir attendaient, patientant leur temps, un portail vers une réalité qui n'était pas la nôtre, une réalité où Ambrose Carter vivait encore, cherchant toujours un chemin de retour vers un monde qu'il avait perdu à jamais.

# La Maison Scellée

Dans la ville pittoresque, mais sans prétention, d'Innsmouth, nichée dans ses rues pavées tortueuses et ombragée par la présence intimidante de demeures victoriennes décadentes, résidait la famille Williamson. Le foyer, composé de Charles et Elaine Williamson, et de leurs enfants, les jeunes Edward et Sarah, vivait dans ce qui semblait être une maison idyllique, une image de la tranquillité suburbaine. Mais sous cette apparence de normalité, une terreur insondable se brassait, un horreur qui allait briser leur perception de la réalité.

Un matin banal, après un petit-déjeuner rempli de bavardages ordinaires, la famille se retrouva piégée dans sa propre maison. Les portes, autrefois menant à la sécurité et à la familiarité de leur jardin, étaient désormais inexplicablement scellées, comme si elles avaient fusionné avec les murs de la maison. Les fenêtres, qui offraient autrefois des vues sur le monde extérieur, étaient désormais des barrières impénétrables, ne révélant que des scènes en constante mutation.

Alors que la panique commençait à s'installer, la maison elle-même semblait s'animer d'une volonté malveillante propre. Le sol tremblait violemment, non pas avec les tremblements naturels d'un tremblement de terre, mais comme si la maison était déplacée par des mains gigantesques et invisibles. Les meubles cliquetaient et les murs gémissaient sous la contrainte des forces inexplicables qui les assiégeaient.

Dans un revirement d'événements défiant toute raison, la famille Williamson fut confrontée à un spectacle bizarre et alarmant dans les limites de leur maison scellée. De la cheminée, qui aurait dû être dormante et froide, émana un phénomène étrange et inquiétant. Un torrent de liquide épais, blanc et brun, commença à se déverser dans leur salon, se répandant en une inondation qui semblait impossible.

Au début, la famille ne pouvait que regarder avec incrédulité. Le fluide s'écoulait sans relâche, formant des flaques sur le sol et montant le long des pieds des meubles, une invasion surréaliste de leur havre de sécurité. Charles, poussé par un mélange de peur et de besoin de comprendre, s'approcha prudemment de la mare grandissante. Il tendit un doigt hésitant vers le liquide, puis recula sous le choc. Il était chaud.

Bravant son appréhension, il goûta une gouttelette sur sa langue. Le goût était indubitablement celui du lait et du chocolat. C'était une découverte ridicule – leur salon était inondé de ce qui semblait être des gallons de lait et de chocolat fondu, s'échappant de leur cheminée. L'absurdité de la situation était accablante, pourtant c'était là, une réalité bizarre se déroulant sous leurs yeux.

Elaine rassembla les enfants près d'elle, son esprit en proie à la confusion et à la peur. Edward et Sarah, les yeux écarquillés et tremblants, regardaient avec horreur les contours familiers de leur maison submergés sous l'étrange déluge. Leur salon, autrefois un lieu de chaleur et de rires, était devenu un paysage surréaliste, quelque chose sorti d'un conte de fées tordu.

L'inondation de lait et de chocolat, aussi inexplicable que terrifiante, n'était que le début de l'épreuve de la famille Williamson. Piégée dans leur maison, elle se trouvait à la merci d'événements qui défiaient les lois de la nature, chaque événement testant les limites de leur santé mentale et de leur endurance. Alors que le monde extérieur restait inaccessible, la famille était laissée seule pour affronter l'horreur croissante, incertaine de ce que le prochain moment pourrait apporter dans l'environnement de plus en plus étranger de leur propre maison.

La terreur s'accentua lorsque la famille entendit des grognements gutturaux résonner à travers les murs, un son si profond et primal qu'il semblait provenir d'une créature de taille et de férocité inimaginables. Des ombres imposantes et déformées se dessinaient à l'extérieur de leurs fenêtres, projetant des silhouettes grotesques qui dansaient dans un affichage macabre.

Alors que la famille se blottissait ensemble, perdue dans le désespoir et la confusion, Charles remarqua quelque chose de particulier — un modèle à leur calvaire, une logique bizarre à la folie. Les secousses de la maison, l'inondation, les sons et ombres monstrueuses — tout suivait un rythme, comme si c'était orchestré par une force capricieuse et invisible.

Dans une révélation frôlant les limites de la raison, Charles réalisa l'impensable vérité : ils n'étaient pas dans leur maison mais dans un simulacre, une réplique de leur maison. Ils étaient, d'une manière inexplicable, piégés dans une maison-jouet, à la merci des caprices d'un enfant.

Les pièces du puzzle commencèrent à s'assembler dans une mosaïque de folie. La famille se souvint de moments, subtils et facilement rejetés, où leur monde semblait légèrement tordu. Des moments où ils se retrouvaient dans des vêtements différents sans se souvenir de les avoir changés, ou des pièces réarrangées de manière qu'ils ne se souvenaient pas.

Leur existence entière, semblait-il, était une fabrication, un jouet entre les mains d'un être pour qui ils n'étaient que des jouets. La réalisation était une descente vertigineuse dans un abîme, une confrontation avec une horreur existentielle qui défiait toute compréhension.

Alors que la famille luttait pour comprendre leur réalité, la nature capricieuse de leur seigneur devint de plus en plus évidente. Ils endurèrent une série de scénarios bizarres et terrifiants, chacun plus surréaliste que le précédent. Un tempête fit rage dans la maison, avec des éclairs miniatures frappant les sols tapissés. Des araignées-jouets, grandes et menaçantes, rampaient à travers les pièces, disparaissant aussi brusquement qu'elles étaient apparues.

Dans un effort désespéré de survie, la famille tenta de communiquer avec leur ravisseur invisible, griffonnant des supplications sur les murs, réarrangeant les meubles en symboles et messages. Mais leurs efforts furent vains, perdus dans la traduction entre leur monde et le royaume incompréhensible au-delà.

Alors que les jours se fondaient dans les nuits, sans aucun signe de libération de leur tourment, la famille Williamson se cramponna l'un à l'autre, leur santé mentale s'effilochant. Ils vivaient dans un état de peur et de confusion perpétuelles, marionnettes dans une pièce grotesque dirigée par les caprices d'un dieu enfant.

À la fin, leur destin resta inconnu, leurs cris d'aide résonnant sans réponse dans les confins de la maison-jouet. Leur histoire devint une légende chuchotée à Innsmouth, un récit d'une famille qui disparut sans laisser de trace, laissant derrière elle une maison qui se tenait vide, son silence un témoignage des horreurs inconnues qui l'avaient réclamée.

Et quelque part, dans un royaume au-delà de la compréhension, un rire d'enfant résonna, un son d'innocence qui masquait une vérité plus sombre — l'omnipotence d'un être pour qui la réalité n'était qu'un jouet, et les humains, de simples jouets dans le grand, inconnaissable dessein du cosmos.

# La Malédiction du Médaillon Doré

Au cœur de la ville animée, Eliza, une bibliothécaire réservée, fit une rencontre particulière. Alors qu'elle rentrait chez elle un soir, un homme aux yeux fous et aux mains tremblantes lui glissa un médaillon doré dans la paume avant de s'éloigner en courant comme s'il était poursuivi par des démons.

Le médaillon était captivant, minutieusement conçu avec des symboles qu'elle ne pouvait déchiffrer. Chez elle, poussée par un mélange de curiosité et le sentiment de trouver quelque chose de spécial, Eliza le passa autour de son cou. C'est alors que le cauchemar commença.

Presque immédiatement, le médaillon se resserra, son métal froid pressant implacablement contre sa peau. Paniquée, elle tenta de l'enlever, mais chaque tentative lui apporta de vifs maux de tête, la forçant à cesser. Cette nuit-là, le sommeil la fuyait tandis qu'elle se demandait ce qui avait bien pu changer dans sa vie.

Le lendemain n'apporta aucun répit. Le médaillon semblait se resserrer davantage, causant un inconfort constant. Dans son agitation, Eliza remarqua à peine le voleur qui lui arracha son sac en plein jour. La rage monta en elle, et à cet instant, le voleur trébucha sur la trajectoire d'une voiture en marche. La scène horrifiante se déroula sous les yeux d'Eliza, et tandis que le voleur gisait immobile, l'étreinte du médaillon se relâcha momentanément, lui procurant un soulagement éphémère.

Une réalisation glaçante s'imposa à elle. Le médaillon réagissait à sa colère, sa malédiction liée au malheur des autres. Chaque jour, le cycle s'intensifia. Le médaillon se serrait, poussant Eliza au bord de la folie jusqu'à ce que sa fureur cause du tort à quelqu'un, apportant un soulagement temporaire. Elle se trouva impliquée dans des conflits, ses éclats de colère entraînant des accidents et des blessures.

Alors que l'étreinte du médaillon se resserrait, dessinant du sang sur son cou, le désespoir prit le pas sur la moralité d'Eliza. Elle affronta un collègue pour une broutille, mais alors que sa colère éclata, il glissa, se blessant gravement.

Encore une fois, la pression du médaillon s'apaisa, mais l'âme d'Eliza s'alourdit de culpabilité.

Le point culminant de son tourment survint lorsqu'elle s'en prit à un ami de longue date pour un affront imaginaire. Sa fureur atteignit son paroxysme, et dans un accident surréaliste et horrifique, son ami fut abattu par un panneau de signalisation tombant. Alors qu'il gisait sans vie, le médaillon se desserra enfin assez pour être enlevé.

Dans un état de choc et de regret, Eliza arracha l'objet maudit de son cou et le lança en l'air, ne souhaitant rien d'autre que de se débarrasser de sa présence maléfique. Il scintilla au soleil avant d'atterrir entre les mains d'un passant ignorant, qui s'émerveilla de sa beauté, inconscient de la malédiction qu'il venait d'hériter.

Eliza, maintenant libérée de l'emprise du médaillon, fut laissée à lutter avec les conséquences irrévocables de ses actes. Elle erra dans les rues, l'ombre d'elle-même, hantée par les souvenirs du chaos qu'elle avait involontairement déchaîné.

Le médaillon doré, avec sa soif insatiable de souffrance, continua son cycle, se nourrissant des émotions de son nouveau porteur, prêt à se

repaître de la prochaine vague de colère et de
désespoir.

# Renversé : Le Conte de la Ville du Crépuscule

Le voyage de David prit un tournant inattendu lorsque sa voiture s'arrêta en panne sur une route déserte, à des kilomètres de toute civilisation. Seul et abandonné, avec la nuit qui approchait, il décida de chercher de l'aide dans une ville lointaine qu'il pouvait à peine apercevoir à l'horizon.

En entrant dans la ville, David ressentit immédiatement un frisson étrange. Les rues étaient silencieuses, et la ville semblait figée dans le temps, avec une architecture s'étendant sur des siècles. Mais ce sont les habitants qui le troublèrent le plus. Leurs visages étaient un paradoxe d'âge et de jeunesse, des yeux vieux sur des visages jeunes, et vice versa.

L'apparence de David causa un émoi parmi les habitants. Son visage vieillissant normalement était une anomalie ici. Des murmures se répandirent, et avant qu'il ne le sache, il fut entouré par un groupe d'"'enfants" aux visages sévères et ridés des personnes âgées. Ils le déclarèrent étranger, un mauvais présage pour leur communauté unique.

Le membre le plus âgé de la ville, un aîné au visage de bébé, accusa David d'être un présage de changement, quelque chose qu'ils redoutaient par-dessus tout. Selon une croyance ancienne, l'arrivée d'un étranger inverserait leur processus de vieillissement inversé, conduisant au chaos. David tenta de s'expliquer, mais ses mots furent ignorés.

David fut soumis à un procès surréaliste, présidé par ce qui semblait être des octogénaires dans des corps de tout-petits. Les preuves étaient circonstancielles et motivées par la superstition, mais le verdict fut unanime. David devait être confiné jusqu'à la prochaine pleine lune, puis banni sous la menace d'un sort plus sombre.

Durant sa captivité, David se lia d'amitié avec une jeune-vieille bibliothécaire, Lily, qui partageait son processus de vieillissement normal. Elle révéla être la fille d'étrangers et avoir été épargnée en raison de sa naissance dans la ville. Elle croyait en l'innocence de David et décida de l'aider à s'échapper.

Ensemble, ils découvrirent la vérité derrière la malédiction de la ville. Ce n'était pas une anomalie génétique, mais le résultat d'un sortilège ancien jeté par une sorcière méprisée, depuis longtemps oubliée dans les annales de l'histoire de la ville.

À l'approche de la pleine lune, la ville se préparait pour le rituel pour bannir David. Les tensions montaient, et la ville était divisée. Certains commençaient à remettre en question les anciennes croyances, tandis que d'autres s'y accrochaient plus farouchement.

Dans un revirement dramatique, Lily présenta les preuves du sortilège et la vraie raison derrière leur vieillissement inversé. Ce n'était pas un étranger, mais l'abri de la haine et de la peur qui alimentait la malédiction. La vraie solution était l'acceptation et l'ouverture d'esprit.

Face à la vérité, les habitants dev inrent agités et divisés. La révélation du sortilège ancien ne leur apporta pas de soulagement mais alluma plutôt une peur profondément enracinée de l'inconnu. À l'approche de la pleine lune, une faction de la ville, conduite par la superstition et la panique, décida que la présence de David était une malédiction qu'il fallait éradiquer.

La nuit de la pleine lune, un groupe d'habitants, mené par l'aîné au visage de bébé, vint chercher

David. Ils croyaient que le sacrifier inverserait le sortilège et sauverait leur mode de vie unique. Lily, horrifiée par le tour des événements, aida David à s'échapper de sa captivité.

La ville s'embrasa dans le chaos, un groupe cherchant à protéger David et l'autre déterminé à le sacrifier. Les rues de la ville, d'habitude si sereines, devinrent un champ de bataille d'idéologies et de peurs.

David et Lily se retrouvèrent à courir dans les rues tortueuses, poursuivis par la foule fervente. Dans un acte désespéré pour sauver David, Lily se révéla comme la descendante de la sorcière qui avait jeté le sortilège. Elle avoua que sa mère, avant de mourir, lui avait confié le pouvoir de mettre fin à la malédiction.

Coincés à la périphérie de la ville, avec la foule qui se rapprochait, Lily effectua un rituel pour lever la malédiction. L'air se chargea d'énergie alors que le sortilège se dénouait, inversant le processus de vieillissement inversé. Les habitants, vieillissant à l'envers jusqu'alors, commencèrent à vieillir normalement.

Au milieu du rituel, l'aîné au visage de bébé, incapable d'accepter le changement, attaqua David. Une lutte s'ensuivit, et dans un tournant tragique, l'aîné tomba accidentellement à sa mort. La ville, maintenant libérée de la malédiction, fut laissée à affronter les conséquences de ses actes et la perte de son leader.

David, bien que sain et sauf, fut profondément affecté par les événements de la nuit. Il réalisa que la peur pouvait transformer même les communautés les plus paisibles en quelque chose de méconnaissable. Avec le cœur lourd, il quitta la ville, désormais confrontée à la réalité d'une vie normale, ayant perdu son identité unique pour toujours.

En partant, les premiers rayons de l'aube révélèrent une ville non plus cachée dans les ombres du temps mais exposée au monde, ses habitants vieillissant désormais comme tout le monde. David emporta avec lui le souvenir troublant d'une ville qui avait sacrifié son unicité par peur, un rappel poignant du pouvoir destructeur de l'ignorance et de la superstition.

# La Beauté Inversée

Evelyn, un mannequin renommé pour sa beauté époustouflante, se retrouve perdue sur une route déserte lors d'un voyage à travers le pays. Son GPS tombe en panne, l'amenant vers une ville isolée nommée Verity Vale.

À son arrivée, Evelyn remarque quelque chose de déconcertant chez les résidents de la ville. Ils ont tous des apparences non conventionnelles, voire ce qu'elle considère comme grotesques. Cependant, les habitants sont chaleureux et excessivement amicaux, insistant pour qu'elle se joigne à eux pour une célébration de la ville.

Pendant les festivités, Evelyn est traitée avec un mélange de curiosité et de pitié. La mairesse de la ville, une femme au visage notablement déformé, révèle à Evelyn que, dans Verity Vale, leurs standards de beauté sont à l'opposé du monde extérieur. Pour eux, les traits d'Evelyn sont considérés comme hideux.

Les habitants, croyant l'aider, lui proposent de subir une chirurgie pour la rendre "belle" selon leurs standards. Evelyn est horrifiée, mais réalise qu'elle ne peut pas quitter la ville, sa voiture ayant mystérieusement été désactivée.

Evelyn essaie de refuser, mais les habitants insistent, croyant devoir la sauver de sa "malchance" d'avoir son apparence. Elle devient prisonnière, constamment surveillée, pendant que la ville se prépare pour sa transformation.

Evelyn tente de s'échapper, entraînant des poursuites tendues et des situations périlleuses. Elle découvre que la ville est isolée du monde extérieur et que ses résidents ont développé une perception déformée de la beauté au fil des générations, complètement coupés de la société.

En explorant des parties cachées de la ville, Evelyn découvre une histoire glaçante de l'obsession de la ville pour cette norme de beauté tordue. Des étrangers précédents ont été victimes des idéaux de la ville, leurs visages mémorisés de manière inquiétante dans des statues autour de Verity Vale.

Attrapée alors qu'elle tentait d'envoyer un signal de détresse depuis le centre de communication de la ville, Evelyn est emmenée de force à la clinique pour subir son opération. La veille de l'intervention, elle est enfermée dans une pièce austère et verrouillée, contemplant un destin pire que la mort.

Dans un geste désespéré pour sa liberté, Evelyn utilise son ingéniosité pour s'échapper de sa chambre. Elle navigue dans la ville étrange et silencieuse, évitant les résidents qui sont maintenant plus comme des figures sinistres sorties d'un cauchemar.

Au bord de quitter la ville, Evelyn est confrontée à la mairesse et à un groupe d'habitants. Dans un affrontement dramatique, elle les confronte à l'horreur de leurs actions, mais ses supplications passionnées tombent dans l'oreille d'un sourd. Les habitants, considérant sa détresse comme de la folie en raison de son apparence 'malheureuse', la forcent à être emmenée à l'hôpital psychiatrique local.

À l'hôpital psychiatrique, Evelyn est traitée comme une patiente délirante. Ses protestations et ses tentatives d'expliquer la vérité sont ignorées comme des symptômes de sa 'maladie'. Malgré ses luttes, elle est sédatée et, le lendemain, emmenée à la clinique pour l'opération redoutée.

Quelques jours plus tard, lorsque les bandages sont retirés, on lui tend un miroir. Le reflet qui la salue est méconnaissable — sa beauté autrefois célébrée transformée en ce que Verity Vale considère comme beau mais une distorsion grotesque pour elle. Ses traits autrefois gracieux sont maintenant exagérés et malformés, adhérant aux standards tordus de la ville.

Evelyn est libérée dans la ville, son nouvel aspect attirant les éloges des résidents qui croient sincèrement l'avoir aidée. Elle marche dans les rues dans un état second, se sentant prisonnière dans son propre corps, une œuvre d'art horrifiante de la création de Verity Vale.

Hantée par son reflet et piégée dans une ville sans lien avec le monde extérieur, l'esprit d'Evelyn commence à se briser. Elle devient recluse, évitant les miroirs et les regards des habitants. Son identité semble effacée, remplacée par un visage qui est célébré dans un lieu qu'elle ne pourra jamais appeler chez elle.

Dans son isolement, Evelyn est approchée par une infirmière sympathique de la clinique, qui révèle qu'elle aussi vient du monde extérieur et est piégée à Verity Vale depuis des années. L'infirmière propose d'aider Evelyn à s'échapper, partageant sa connaissance d'un itinéraire caché hors de la ville.

Ensemble, elles planifient une évasion audacieuse. Evelyn, le visage couvert, s'aventure dans les parties moins fréquentées de la ville vers la sortie secrète. L'infirmière, risquant sa propre sécurité, distrait les habitants pendant qu'Evelyn se dirige vers le bord de Verity Vale.

Juste au moment où elle est sur le point d'atteindre la liberté, Evelyn est repérée. Une poursuite tendue s'ensuit, Evelyn courant pour sa vie, son cœur battant de terreur. Dans un moment haletant, elle saute par-dessus un arbre tombé, franchissant la frontière invisible de Verity Vale. Mais une fois à l'extérieur, une réalisation dévastatrice s'impose à elle.

Lorsque Evelyn rencontre des gens du monde extérieur, elle est accueillie avec des regards et de la répulsion. La douloureuse prise de conscience qu'elle n'appartient plus à aucun des deux mondes l'accable. Le jugement sévère auquel elle est confrontée en raison de son apparence altérée la brise, et elle prend la décision fatidique de retourner à Verity Vale.

Evelyn, maintenant embrassant le seul endroit où elle n'est pas vue comme un monstre, retourne à Verity Vale. Elle est accueillie, son retour étant considéré comme une acceptation de leurs idéaux. Elle trouve un emploi à l'hôpital local, travaillant comme assistante au département de chirurgie, le même endroit où sa transformation a eu lieu.

Dans ce nouveau rôle, Evelyn est confrontée à une ironie troublante. Elle devient partie prenante du processus qu'elle craignait autrefois, aidant à réaliser des chirurgies qui transforment les étrangers selon les normes de beauté de la ville. Elle justifie ses actions, se convainquant qu'elle aide ces personnes à s'assimiler et à être acceptées.

Un nouveau rebondissement se produit lorsqu'une autre belle femme, Anna, arrive à Verity Vale. Comme Evelyn, Anna est horrifiée par les intentions de la ville pour elle. Evelyn se retrouve dans une position de pouvoir, déchirée entre son ancien moi et ce qu'elle est devenue.

Evelyn assiste à la préparation d'Anna pour la chirurgie, mais en faisant cela, elle voit le reflet de sa propre terreur et de son désespoir. Elle est tourmentée par la culpabilité et l'empathie, mais la peur du rejet et sa propre image déformée prennent le dessus.

Alors qu'approche la chirurgie d'Anna, Evelyn lutte avec sa conscience. Dans un moment de clarté, elle tente d'aider Anna à s'échapper, mais elles sont prises. La ville, considérant les actions d'Evelyn comme une trahison, la voit maintenant comme une étrangère.

La tentative de rédemption d'Evelyn échoue. Elle et Anna sont soumises au jugement de la ville. Evelyn réalise qu'elle est devenue ce qu'elle craignait le plus, une perpétratrice des pratiques tordues de la ville.

Evelyn est maintenant pleinement assimilée à la ville, son identité et sa vie passée étant un souvenir lointain. Elle continue son travail, résignée à son sort, un rouage dans le cycle sans fin de la vision déformée de la beauté de Verity Vale.

Le voyage d'Evelyn se termine en tragédie, un rappel frappant du pouvoir destructeur des normes sociétales et de la perte d'identité. Verity Vale reste isolée, poursuivant ses pratiques, avec Evelyn comme participante réticente, à jamais piégée entre deux mondes.

# Dans les yeux d'un autre

Dans la ville animée, Sarah, une bibliothécaire réservée, tombe sur une publicité pour une invention révolutionnaire d'une scientifique locale connue pour ses pratiques mystiques. Les lunettes, prétendument capables de permettre à celui qui les porte de voir à travers les yeux de quelqu'un d'autre, intriguent Sarah, d'autant plus que son mari, Tom, s'est récemment montré distant.

Assoiffée de renouer avec Tom et de comprendre son monde, Sarah achète les lunettes. Elle les met, anticipant une journée banale dans la vie de Tom. À sa grande surprise, elle se retrouve projetée dans une expérience vive, voyant à travers les yeux de Tom la veille.

L'expérience initiale est banale — le bureau de Tom, ses interactions avec les collègues. Mais en explorant davantage, Sarah est transportée dans des scènes de Tom et leur voisine, Lisa, riant et partageant des moments intimes. Le choc est viscéral quand Sarah réalise l'étendue de la trahison de Tom.

Le cœur battant la chamade, Sarah se tient dans la cuisine faiblement éclairée, faisant face à Tom.

L'air est lourd d'une tension non dite, en contraste frappant avec le cliquetis banal de la vaisselle en arrière-plan. Ses mains tremblent légèrement, non seulement de peur mais aussi sous le poids du terrible secret qu'elle porte. Le visage de Tom, autrefois source de confort, semble maintenant un masque cachant des intentions sinistres.

"Tom," commence-t-elle, sa voix plus ferme qu'elle ne le sent, "nous devons parler de quelque chose." Il lève les yeux, une expression d'innocence feinte sur son visage. Elle peut voir à travers son jeu, les lunettes lui ont révélé trop de choses. "Je sais pour toi et Lisa," continue-t-elle, observant son visage à la recherche d'un signe de culpabilité. Il rit, un déni bien répété prêt à être dégainé, mais Sarah n'est pas convaincue. Elle maintient son regard, une bataille silencieuse de volontés s'engageant entre eux.

La confrontation est une danse autour de la vérité, avec Sarah sondant et Tom déviant. Tom nie vigoureusement les accusations, laissant Sarah dans un état de doute. Malgré ses dénégations, les images vives des lunettes la hantent. Elle décide de les utiliser à nouveau, cherchant la vérité indéniable.

Le lendemain, avec les lunettes, le monde de Sarah est bouleversé. Elle assiste, à travers les yeux de Tom, à une conversation glaçante entre lui et Lisa, planifiant de la tuer pour son assurance-vie. Le choc la plonge dans une spirale de peur et d'incrédulité.

Réalisation que sa vie est en grave danger, Sarah se débat avec ses options. Elle ne peut pas aller à la police avec sa source d'information incroyable. Elle décide de rassembler des preuves contre Tom et Lisa tout en prétendant être aveugle à leur plan.

Chaque jour devient un jeu terrifiant de chat et de souris. Sarah feint la normalité tout en essayant secrètement de prendre Tom et Lisa dans leur complot. La tension dans leur ménage devient un champ de bataille silencieux.

Le lendemain, le monde de Sarah s'effondre. Elle trouve Tom, sans vie et brutalement agressé dans leur salon. La scène est chaotique, une lutte violente évidente dans le désordre. Engourdie par le choc, elle met instinctivement les lunettes, désespérée de trouver des réponses.

À travers les lunettes, elle assiste aux événements de la veille du point de vue de Tom. Elle voit l'altercation chauffée entre Tom et Lisa, leur dispute escaladant en violence. Lisa frappe Tom et, dans un accès de rage, quitte la maison, le laissant blessé.

Tremblante, Sarah retire les lunettes et appelle la police. Les preuves pointent vers Lisa, avec des signes clairs de sa présence sur la scène du crime. La police reconstitue rapidement un récit de Lisa, poussée par la jalousie et la rage, commettant l'acte odieux.

Le procès de Lisa est rapide. Les preuves contre elle sont accablantes, et elle est reconnue coupable du meurtre de Tom. Sarah assiste au procès, un sentiment de justice creux la consumant. Pourtant, quelque chose la tourmente – le sentiment que toute l'histoire n'a pas été révélée.

De retour chez elle, hantée par le doute, Sarah remet les lunettes une fois de plus. Elle se force à regarder à nouveau l'altercation, mais cette fois, elle ne retire pas les lunettes lorsque Lisa s'enfuit. À son horreur, les lunettes lui montrent son propre retour à la maison, où elle trouve Tom, encore à peine vivant. Consumée par un mélange de trahison, de rage et de chagrin, Sarah ramasse une arme et met fin à la vie de Tom dans un acte de violence vengeresse.

Les lunettes tombent des mains de Sarah alors qu'elle réalise la vérité. Elle est la meurtrière de Tom. La révélation la brise, le poids de ses actions s'écrasant sur elle. Elle avait été tellement consumée par la trahison et le pouvoir des lunettes qu'elle s'était perdue dans un moment de violence inexprimable.

Tourmentée par la culpabilité, Sarah se rend à la police. Sa confession est accueillie avec incrédulité, mais les preuves qu'elle fournit sont indéniables. L'affaire prend un tournant choquant, et Sarah est placée en soins psychiatriques, son état mental étant un facteur clé dans ses actions.

Alors que Sarah est assise dans sa chambre dans l'unité psychiatrique, le monde extérieur continue son rythme implacable. Les lunettes, maintenant juste un lointain souvenir, ont irréversiblement changé sa vie. Elle réalise le pouvoir dangereux de voir à travers les yeux d'un autre – cela avait révélé des vérités mais avait également déchaîné une obscurité en elle qu'elle ne savait pas exister. En cherchant à comprendre les autres, elle s'était perdue, une histoire édifiante sur les limites de la connaissance et les profondeurs de la psyché humaine.

Sarah avance dans sa vie, plus compatissante envers les luttes cachées de ceux qui l'entourent. Elle comprend que, bien que les ombres de l'esprit soient invisibles, elles font partie de l'expérience humaine, façonnant les actions et les choix.